¡Hasta luego, pirulís! Libro 1.5

¡Hasta luego, pirulís! Libro 1.5

Sarah Lyons Fleming

¡Hasta luego, pirulís!
Libro 1.5

Novela corta de la serie Hasta el fin del mundo

Translated by Pilar de la Peña Minguell

Podium

¡Hasta luego, pirulís! - Libro 1.5

Translated by Pilar de la Peña Minguell

Original title: *So long, Lollipops*

Original language: English

Copyright © 2017, 2022 Sarah Lyons Fleming and SAGA Egmont

All rights reserved

ISBN: 978-1-0394-6049-2

1st edition

www.podiumentertainment.com

A mis padres, que apoyan mi locura al cien por cien

¡Hasta luego, pirulís! Libro 1.5

Capítulo 1

QUEDARSE MIRANDO CÓMO se alejaba la camioneta no era muy buena idea, menos aún con todos aquellos eleequis a los pies del contenedor al que se había subido, pero Peter sabía que iba a morir y, como apenas le quedaban unas horas (o minutos) de vida, quería ser feliz esos últimos instantes. Bueno, todo lo feliz que podía ser rodeado de zombis.

Aunque lo cierto es que ya era feliz, algo sorprendente para quien había pasado media existencia de espaldas a la felicidad. De hecho, de sus treinta años de vida, se había sentido desgraciado los últimos dieciocho, hasta que lo habían salvado. Y ahora, al ver a sus salvadores saltar el bordillo y salir pitando del aparcamiento, lo hizo feliz pensar que también él los había salvado a ellos.

En cuanto John los había hecho esconderse detrás de los contenedores, para que los eleequis del callejón no los detectaran, lo había visto claro: o no escapaba ninguno o lo harían todos menos uno. Bits, sentada entre Penny y Ana, pálida, movía con desesperación sus ojos azules de un lado a otro. Lo miraba como si él tuviera la solución, como mira una niña a un padre que piensa que jamás le va a fallar.

Y, aunque en el fondo ya lo sabía, en ese instante tuvo la certeza de que él era lo más parecido a un padre que Bits podía tener. La había achuchado, había bromeado con ella y había puesto nombre a todas sus pecas. Además, la quería tanto que la idea de perderla era como asomarse a un agujero negro. ¿No era eso lo que hacían los agujeros negros: tragarse toda la luz de su entorno? Eso le pasaría si a Bits le ocurría algo. Seguro que casi lo entendía, porque si él le hacía de padre, Cassie le hacía de madre. Mientras la pequeña siguiera con ella, podía estar tranquilo.

Eso le había facilitado la decisión. Puede que en otro momento, incluso hacía unos meses, hubiera preferido salvar el pellejo, calculado los pros y los contras, llegado a un acuerdo… Se le daba bien negociar. Llevaba años haciéndolo; lo había estudiado a conciencia en la Facultad de Empresariales de Harvard. Claro que ahora no había negociación posible y eso lo reconfortaba. Lo inundaba una determinación tan fuerte, tan sólida y tan clara que no le dolía en absoluto.

No se arrepintió, ni siquiera cuando aquellas manos destrozadas, putrefactas empezaron a rascar las proximidades de sus botas. El alboroto que montaron atrajo a otros tantos al callejón. Los eleequis del otro lado de la valla, la que habían saltado sus amigos para escapar, forcejeaban con la malla metálica ahora que su familia se había marchado ya.

Aunque la decisión hubiera sido fácil, estaba asustado. Asustado de cojones. Con el sudor, la empuñadura del machete le resbalaba de las manos. Pensó en volver a calzarse los guantes con las mangas protectoras, pero ¿para qué? Se adelantó y le clavó la hoja en toda la cara a uno de ellos. Uno menos. Pero había muchísimos. Y, por muchos que liquidara, vendrían más. Tenía todas las de perder; la cosa era cuánto tiempo quería sobrevivir.

Ni de coña les iba a permitir que lo atraparan. Ya sabía que, cuando llegara el momento, cuando estuviera tan cansado que no se sostuviera, o se le acercaran demasiado, o algún zombi alto, exjugador de baloncesto, lograra agarrarle un tobillo por encima del contenedor, se metería un balazo en la boca y acabaría con su vida. Si le quedaban sesos en el cráneo, se convertiría en uno de ellos, y eso sí que no lo iba a permitir.

Los contenedores le proporcionaban una especie de plataforma de unos dos por dos metros. A su espalda estaba el muro de ladrillo del edificio, y el resto…, bueno, el resto eran todo zombis. Clavó el machete en un cuello, luego en una oreja. Tanto cavar zanjas y cortar leña le había vuelto los brazos incansables: podría seguir horas así. Y lo iba a hacer. Lucharía hasta que le quedaran las fuerzas justas para disparar la última bala, la que reservaba para él. Rio, aunque la situación no tenía ninguna gracia. A lo mejor estaba perdiendo el juicio.

—Tampoco me lo podéis reprochar —le dijo a la masa sibilante—, ¿verdad, mamones atontados?

Los insultos le venían bien, lo enfurecían, y la furia le daba más fuerza. Inclinándose hacia delante, soltó un machetazo más. En el callejón resonaban los gruñidos y el hedor a descomposición lo impregnaba todo.

La verdad era que, si seguía matándolos, terminarían amontonándose de tal forma que servirían de escalinata a los que venían detrás, pero su única alternativa era observarlos hasta que no pudiera más y luego volarse la tapa de los sesos. Cada eleequis que mataba era un monstruo menos en el mundo, una amenaza menos para Bits, así que desestimó la idea.

En el extremo opuesto del contenedor, había una anciana cuyas arrugas se habían transformado en grietas profundas por las que le asomaban los tejidos, que, aunque tendrían que haber sido rosados, eran grises y estaban cubiertos de vetas negras. Le recordaba a su abuela, que siempre había sido una bruja. Cuando sus padres y su hermana Jane habían muerto, lo había criado más o menos como a su padre y, teniendo en cuenta que su padre solo iba a verla una vez al año, no podía decirse que fueran a darle un premio por su labor.

—Ya no están, Peter —le decía—. No sirve de nada hablar de ello.

Así que él había aprendido a tener la boca cerrada. Pero un día había querido comentar que sabía que Jane no había muerto en el acto a consecuencia del accidente, que sabía que se había quedado atrapada en el vehículo en llamas; que todas las noches la veía morir en sueños, la veía rogarle que la ayudara, que le soltara el cinturón: solo un clic y sería libre. Él no iba en el coche porque no había querido acompañarlos, no había querido estar con su hermana de nueve años en un sitio donde sus amigos de doce pudieran verlo o, peor aún, donde pudiera verlo una chica de su edad.

Necesitaba que alguien le dijera que no había sido culpa suya.

Su abuela lo había interrumpido enseguida.

—Tomaste una decisión, Peter. Atente a las consecuencias.

Se había tomado muy a pecho aquellas palabras. Buscaba la absolución y, en cambio, se había encontrado con la confirmación.

Dos pasos en dirección al punto donde se juntaban ambos contenedores y adiós anciana. «¿Qué te parece esa decisión, abuela?» Le sentó de maravilla. Años de terapia en un solo machetazo.

—¡Eh! ¡Aquí arriba! —oyó gritar a alguien.

Vale, empezaba a tener alucinaciones. Oía voces y todo. Voces de verdad, no gruñidos ni sibilancias.

—¡Aquí! ¡Mira arriba!

Otra vez. Una voz aguda que se oía por encima de los gruñidos graves de los eleequis. Debía levantar la vista, por si no estaba desvariando. Si no había nadie, seguiría cargándose a tantos eleequis como pudiera antes de que llegara esa bala. Se pegó al muro, alejándose todo lo posible de ellos, y alzó la mirada. Un rostro asomaba por la ventana de la segunda planta. Le costaba distinguirlo desde su atalaya, pero parecía una cría adolescente.

—¡Te tiro la escala! —le gritó—. ¡Agárrala!

Aquello no estaba previsto, aunque agradecía el cambio de planes porque el suyo, la verdad, era un asco.

La chica reapareció y gritó:

—¡Cuidado, que va!

Vio un destello de pelo rubio corto mientras la cría enganchaba al alféizar la escala de emergencia y soltaba la parte inferior. Las cadenas en las que iban engarzados los peldaños produjeron un fuerte estrépito metálico. Los contenedores tenían a Peter a metro y medio del suelo, y los últimos peldaños chocaron contra ellos con un estruendo hueco. Los miró pasmado. Le parecía increíble que fueran a rescatarlo de aquella situación desesperada.

La cabeza rubia volvió a asomar.

—¡Tranquilo, es segura!

Una mano le agarró la bota y lo despertó de su estupor. Peter clavó el machete en los huesos de la muñeca y se deshizo de la extremidad amputada. Enfundó el machete a la espalda y cogió la mochila de supervivencia que había dejado apoyada en el muro. Subió por la escala, que se mecía de un lado a otro con su peso al tiempo que crecía el coro de gemidos, casi como si los zombis protestaran.

—¡Hasta luego, pirulís! —espetó, aventurándose a echar un vistazo a sus pies.

Plantó la bota en el alféizar y se vio de pronto en un despacho pequeño. La chica estaba pegada a la puerta, al otro lado de dos escritorios y unos cuantos archivadores. Tendría unos dieciséis años, melenita rubia por la barbilla, nariz minúscula, ojos muy abiertos y boquita de piñón sonrosada. Parecía un duendecillo. Sonrió, pero la pistola con la que lo apuntaba no era de broma.

—¿«¡Hasta luego, pirulís!»? —preguntó socarrona—. ¿Eso les dices a los zombis?

Viendo la pistola, Peter se pensó mucho la respuesta. Por minúscula que pareciera aquella cría, tenía pinta de saber manejarla.

—Es lo que suelo decir con mi… niña. En vez, de «¡Que os den, mamones!».

—¿La niña que ha saltado la valla? ¿Es tu hija?

—Algo así.

—¡Hasta luego, pirulís! —repitió y se le escapó una risita—. Me gusta. Y me da que eres buena gente, porque básicamente te has ofrecido a morir por tus amigos, pero, aun así, suelta las armas.

Peter desenfundó la pistola y, muy despacio, la dejó en el escritorio. Después soltó también el machete y retrocedió.

—Me llamo Peter —dijo—. Peter Spencer.

No la veía muy preocupada, pero pensó que a lo mejor presentándose conseguiría romper el hielo, o al menos que ella dejara de apuntarlo.

La chica lo saludó con la cabeza.

—Natalie —respondió—. Nat.

—Gracias, Nat. Por tirarme la escala. No sabíamos que hubiera nadie en el edificio —añadió sonriendo, y ella enseñó sus dientecillos blancos también.

—Sí, bueno, no te iba a dejar palmar después de haberte hecho el mártir. Aunque mi padre y mi tío me van a matar.

—¿Están aquí?

—No, han ido a por provisiones. Están preparando un sitio donde instalarnos. De momento, nos hemos refugiado aquí porque está alto. —No había retirado el dedo del gatillo—. Entonces, Peter, no irás a violarme ni nada así, ¿verdad?

—¡No!

¡Dios!, ¿en qué se había convertido el mundo para que una cría tuviera que preguntar algo semejante? Abrió la boca para hablar, pero no le salió nada más.

—Eso me parecía —repuso ella agitando el arma y encogiéndose de hombros—, pero he pensado que tampoco estaba de más preguntar. Coge tus cosas y vamos a la tercera planta.

Lo condujo a un pasillo enmoquetado de un marrón feo. Se oían pasos en el restaurante de la planta baja. Todos aquellos eleequis seguían en el edificio y probablemente se quedarían allí de por vida porque eran demasiado estúpidos para saber salir por la entrada que ellos mismos habían echado abajo.

Natalie abrió una puerta a una escalera de caracol estrecha y le hizo una seña para que la siguiera. Peter pensó que era demasiado confiada, dándole la espalda de ese modo con la única garantía de su palabra. Iba a decírselo, pero aquel era uno de esos momentos en que era preferible estarse calladito. Las escaleras de madera los depositaron en el centro de un espacio diáfano de la misma longitud que el propio edificio. En un rincón había dos camas y una tercera en el extremo opuesto. La colcha de vivos colores y la pila de libros juveniles dejaban bien claro de quién era cada cama, aunque Peter recordaba su adolescencia lo bastante bien como para que no le hicieran falta pistas de ningún tipo. ¿Dormir cerca de tu padre y tu tío? Ni de coña. Al menos mientras estuvieras a salvo en otro lado.

También había un sofá y una mesita de centro. Junto a las ventanas que daban a la calle, se veía una mesa de comedor con sillas. Sobre una mesa de tijera con estantes, había un hornillo de gas, cajas y latas de comida, cazuelas varias y jarras de agua.

Al borde de la mesa, había un transmisor. La voz que resonaba por él era profunda y parecía angustiada.

—¡Nat! ¡Natalie! ¿Estás bien? ¡Contesta, maldita sea!

Nat se acercó corriendo a la radio.

—Perdona, papá, que estaba en la segunda planta.

—Rich y yo vemos el grupo desde aquí. ¿Qué está pasando? —inquirió en un tono algo menos desesperado aunque todavía preocupado.

Natalie se sentó en una silla, cruzó las piernas y meció el pie, como si hablara por teléfono con una amiga.

—Había gente abajo. Los zombis han venido a por ellos.

—¿Qué les ha pasado? ¿Has podido verlo?

Nat miró de reojo a Peter.

—Han escapado, por detrás. Pero uno de ellos se ha quedado atrapado aquí. Papá —continuó con voz de pronto más aguda, como de niña pequeña—, ¿me prometes que no te vas a cabrear si te cuento una cosa?

—Suéltalo ya, Nat.

—Pues… que le he lanzado la escala y lo tengo aquí arriba conmigo.

—¿Que «lo tienes» ahí arriba contigo? Natalie, ¿pero qué demonios…? —Parecía a punto de sermonearla, pero entonces suspiró—. Pásamelo. Ya.

Nat le cedió la radio a Peter con una sonrisa mínima. Aunque ella no le tuviera miedo a su padre, Peter sabía que él debía tenérselo.

—¿Hola? —dijo.

—¿Cómo te llamas?

—Peter. Peter Spencer.

—Peter, vamos a dispersar el número suficiente de zombis para poder subir ahí y te juro que, como le hayas hecho algo a mi hija, te matamos nosotros. ¿Entendido?

Natalie puso los ojos en blanco y le susurró:

—Tú di «Sí, señor» y ya está.

—Sí, señor —contestó Peter. Su vida había dado muchas vueltas en los últimos meses, pero que lo amenazara por radio el padre de una adolescente que le había salvado la vida se llevaba la palma—. Jamás le haría daño. Me ha salvado la vida.

—Más te vale. Pásamela otra vez.

—Dime, papá, ¿cuál es el plan, entonces?

Peter ya empezaba a pensar que la chica se estaba tomando todo aquello muy a la ligera, tanto el haber acogido a un desconocido como el que hubiera centenares de eleequis abajo, pero entonces se puso muy tiesa.

—Rich se los va a llevar a otro lado y volverá cuando consiga alejarlos lo suficiente. Yo estoy ahí en nada. No te muevas.

—Vale.

Peter la siguió hasta una ventana y vio acercarse una camioneta grande, con una pegatina de la bandera estadounidense en la ventanilla trasera y embellecedores cromados. El vehículo se detuvo nada más pasar el restaurante, con las ventanillas bajadas, y empezó a sonar la música. No era lo que Peter habría esperado oír en una camioneta así, *rock* clásico, *country*…, cualquier cosa menos la pieza clásica que empezó a retumbar en los edificios de ladrillo y hormigón.

La conocía. Su abuela no solo lo había obligado a ir a clases de bailes de salón, sino que también esperaba que fuese a museos y a conciertos de la sinfónica. Era el *Réquiem* de Verdi, y la orquesta que lo interpretara, desde luego, lo hacía con ganas: los timbales estallaban, los instrumentos de cuerda gemían y el coro lo daba todo. «Líbrame, Señor, de la muerte eterna», recordaba Peter que decía aquel verso del final. Muy oportuno.

Los eleequis salieron en tropel del restaurante al encuentro con la música. Cuando casi habían rodeado la camioneta, esta avanzó media manzana más y volvió a detenerse. Lo hizo otra vez, y otra, hasta que una estela de zombis de una manzana de longitud dobló la esquina y desapareció de la vista.

—Mi tío Rich se hace llamar «el flautista de Bennington» —dijo Nat.

Otra camioneta se detuvo junto a la acera y Peter pudo ver una figura corpulenta justo antes de que entrara en el edificio. Resonaron unos pasos por las escaleras. Peter sacó enseguida el arma, la dejó en la mesa y se apartó de Natalie.

El hombre irrumpió en la sala. Natalie se acercó a él y lo abrazó.

—Papá, este es Peter. Lo siento, ya sé que siempre me dices que no me meta, pero es que iba a morir por…

El tipo levantó la mano con la que no sostenía la pistola. No se parecía en nada al duendecillo de su hija: tenía la mandíbula cuadrada, las mejillas sonrosadas, el pelo corto y castaño y llevaba barba. Lo único destacable de él eran sus ojos, de un azul muy claro y probablemente amables, supuso Peter, cuando no te estaba haciendo la ficha.

—Deja que hable él —contestó señalándolo con la barbilla.

Una propuesta un tanto vaga. ¿Qué iba a decir? ¿Qué era lo más importante? Tal vez que no tenía intención de quedarse por allí y privarlos de sus valiosas provisiones.

—Íbamos camino de la zona segura de Vermont, la de Kingdom Come. Nos vimos rodeados abajo y yo me quedé aquí para que mis amigos pudieran escapar. Habría muerto de no ser por tu hija. Solo quiero seguir mi camino hacia el norte.

El tipo se quitó la camisa de franela y dejó al descubierto unos buenos pectorales y otra pistola grande.

—Ya te puedes ir, entonces —espetó señalando la puerta con la pistola—. Me alegro de que…

—¡Papá! —le gritó Natalie con un pisotón en el suelo—. Sabes que siguen por aquí, que igual todavía hay alguno en esta misma calle. Peter tiene una niña pequeña que ha podido escapar con los otros gracias a él. ¡No lo puedes largar de ese modo!

El hombre inspiró fuerte, abriendo mucho las aletas de la nariz.

—¿Es eso cierto?

Peter asintió con la cabeza y contuvo la respiración. No tenía por qué quedarse donde no era bien recibido, pero, sin un transporte, podría morir en cuestión de minutos. El tipo bajó el arma y miró a Natalie.

—Siempre dices que calo enseguida a la gente —terció ella con los ojos de pronto muy abiertos y empañados—. Lo he visto todo. Se ha sacrificado por ellos. ¡Estaba dispuesto a morir! Papá, tú también lo harías por mí.

Su padre ablandó el gesto. Se lo estaba camelando del mismo modo que Bits se lo camelaba a él cuando quería una chuche de más o que le leyera otro capítulo. Lo que Nat decía era cierto, pero ella podía conseguir en unos minutos lo que a Peter iba a llevarle días: ganarse la confianza de su padre. Él no sabía resistirse a Bits cuando lo miraba con los ojos como platos y los labios temblones. Lo más gracioso de todo era que le daba igual que la cría lo embaucara.

—Coge sus armas —le dijo el padre.

Nat agarró la pistola y el machete de la mesa y, cuando estaba de espaldas a su progenitor, le guiñó un ojo a Peter. Aquella chica estaba como una cabra, que solía decir Nel.

—Me llamo Chuck —se presentó el padre enfundando la pistola y tendiéndole una mano callosa, sucia y grasienta—. De momento, nos quedamos con esto. Esta tarde buscaré una forma de sacarte de aquí.

Peter cayó en la cuenta de que sus manos no eran muy distintas de las de Chuck, que, al parecer, reparó en los indicios de trabajo físico y le dio una cabezada si no amistosa por lo menos respetuosa.

—Te lo agradecería mucho, Chuck.

—Mientras, ponte cómodo. No hay mucho que hacer hasta que vuelva Rich.

Peter se quedó en camiseta y se sentó a la mesa. Natalie se instaló enfrente y se abanicó la cara con una revista. Hacía calor allí arriba. Y se estaba haciendo pis. Empezaba a necesitar un baño con urgencia.

—Chuck… —dijo y Chuck levantó la vista de las pistolas que estaba cargando, aunque Peter estaba convencido de que las armas ya estaban cargadas y todo aquello lo hacía solo para que él lo viera—. Necesito ir al baño. ¿Dónde…?

—Yo lo acompaño —se ofreció Nat y, levantándose enseguida de la silla, le hizo una seña para que la siguiera.

—No, ya voy yo —repuso su padre señalándole la silla para que volviera a sentarse.

Lo llevó a la segunda planta y abrió una puerta al fondo del descansillo. Peter observó que habían entrado en el edificio contiguo. Era un apartamento casi desprovisto de muebles, del que probablemente habían sacado los que tenían arriba. Abrió la puerta que Chuck le había indicado y se encontró un baño de verdad.

—Parece normal, pero fíjate bien —le dijo Chuck. Peter se acercó al inodoro y levantó la tapa. Habían hecho un boquete en la base del sanitario y lo habían colocado sobre otro hecho en el suelo. Absolutamente todo lo que se echaba por allí caía a la oscuridad de la planta inferior. No olía de maravilla, claro, pero era bastante ingenioso—. Abrimos las ventanas de abajo para que no se acumulara el gas. No nos apetecía volar por los aires —añadió Chuck—. Bueno, espero fuera. —Al salir del baño, Peter se lo encontró junto a las ventanas—. Siento lo de tu pequeña, pero me alegro de que esté bien —dijo sin volverse.

Peter se aclaró la garganta.

—La verdad es que no es hija mía. Ojalá lo fuera, pero no lo es —le explicó sin saber muy bien por qué; tampoco es que Chuck le hubiera pedido la partida de nacimiento.

Chuck se volvió y sonrió. Peter había acertado: aquellos ojos azules eran amables cuando no albergaban la posibilidad de liquidarte.

—En el fondo da igual, ¿no? En cuanto te roban el corazón ya estás perdido. Venga, vamos arriba.

Cuando la camioneta de tío Rich aparcó a la puerta del edificio, Natalie ya llevaba dos horas interrogando a Peter. Chuck escuchaba, haciendo alguna pregunta de vez en cuando y asintiendo mientras Peter describía la cabaña de Cassie y relataba lo ocurrido en los últimos meses.

Se abrió la puerta y apareció una versión más joven de Chuck, solo que con el pelo rubio en vez de castaño. Miró de reojo a Peter y luego a su hermano.

—¿Todo bien?

Chuck asintió con la cabeza y Rich se acercó con la mano tendida.

—Rich —se limitó a decir.

—Peter —contestó el otro.

Rich se sentó en el sofá, bebió agua de una botella y se limpió la boca con el dorso de la mano.

—¿Cena?

A Peter le dio la impresión de que, en lo relativo al diálogo, Rich era de los que piensan que menos es más. Miró la hora; no era hora de cenar. El día se le había hecho eterno, pero apenas era mediodía.

—La cena es el almuerzo —le informó Nat—. Vivimos en 1860 por aquí. Luego iremos a dar un paseo en el carruaje a motor.

Chuck meneó la cabeza, pero le brillaban los ojos.

—¡Qué graciosilla!

Peter se acordó de Nel y sonrió.

—El gracioso del grupo… Siempre hay uno.

—Es igualita que su madre.

Nat no dejó de sonreír, pero se retorció los dedos en el regazo. Chuck miró a otro lado e inspeccionó las estanterías.

—¿Qué tal una sopa?

—Lo que más me apetece en una calurosa tarde de verano —replicó su hija.

—Yo no he dicho que vaya a calentarla.

—Puaj.

Peter se acercó a las estanterías a echar un vistazo. Entre los paquetes y las latas de comida había unos tomates, un pepino de aspecto triste y un calabacín.

—¿Tenéis huerto en el sitio que estáis montando?

Chuck asintió.

—Uno pequeño. No es suficiente para autoabastecernos, pero, como andamos de casa en casa, nos llegará para el invierno.

—¿Y por qué no vais a una de las zonas seguras?

Se oyó un gruñido procedente del sofá.

—Eso le he dicho yo —espetó Rich.

—De momento, no es buena idea —contestó Chuck mirando de reojo a Nat—. Quizá en primavera.

Peter no insistió más.

—Si queréis, hago yo la cena —dijo sosteniendo en alto un par de paquetes de fideos de *ramen*, la salsa de soja y el aceite de sésamo que estaban entre los condimentos.

—Por mí, perfecto —respondió Chuck—. No se nos da muy bien la cocina. Claro que tampoco es que tengamos muchos ingredientes. ¿Tú sabes cocinar?

Peter cabeceó afirmativamente. Natalie lo ayudó a encender el hornillo, que estaba junto a la ventana abierta. Aunque su abuela nunca lo había llevado de acampada, en los últimos meses había aprendido que usar un hornillo de gas en interiores sin la ventilación adecuada podía matarlos.

Los fideos se hacían rápido y enseguida los tuvo templados y mezclados con las verduras troceadas, la salsa de soja y el aceite. Un poco de vinagre de arroz habría sido demasiado pedir. A lo mejor los padres de Cassie se hubieran excedido guardando víveres, pero en el sótano de su cabaña Peter había encontrado siempre todo lo que buscaba. Aunque lo cierto era que, gracias a ellos, habían podido sobrevivir.

—Adelante —dijo dejando el cuenco en la mesa.

Se sentaron los tres y, a juzgar por el silencio y la forma en que engullían, les gustó. Ese verano había preparado varias veces una ensalada fría con fideos de *ramen*. En la cabaña, le había tocado cocinar cada vez más a menudo, pero no le importaba. Verlos zamparse la comida que él hacía y «pelearse» por repetir lo satisfacía más que comérsela.

Siempre le había encantado cocinar. Uno de sus primeros recuerdos era el de subirse a una silla de la cocina, en la casa de sus padres, en Westchester, y a su madre pasándole un vaso medidor lleno de harina para que lo vaciara en un bol grande. De adulto, casi siempre había comido fuera de casa, pero seguía cocinando de vez en cuando, sobre todo para las chicas con las que quedaba. Cassie no había sido una excepción, solo que, a diferencia de muchas otras, ella se comía hasta el último bocado y suspiraba encantada.

Sacó una ración de combate de su mochila, se sentó en el sofá y la dejó encima de la mesita de centro. La ensalada de pasta era una alternativa mucho más apetecible, pero no se iba a comer la comida de sus anfitriones. Ya había invadido su espacio.

Imaginó a Bits y a los demás en la camioneta, rodando por carreteras secundarias. Igual hasta habían llegado ya a Kingdom Come, si no habían tenido problemas, cosa bien fácil ya: bastaba con pinchar o tomar el desvío equivocado y se acabó. Aquello era mejor que haber muerto encima de un contenedor, desde luego, pero daría cualquier cosa por estar con ellos en la camioneta. Y no por su propia seguridad: quería estar allí por si las cosas se torcían.

Había perdido el apetito, pero abrió la ración de combate para ver qué llevaba. ¿Qué se comía primero: la bolsa grande de bazofia, la bolsita de algo insulso o la crema de queso con jalapeños untada en galletitas saladas? Difícil decisión. El postre no tenía mala pinta. Fastidiar un dulce era complicado.

—Esto está riquísimo —gritó Natalie. Entonces vio lo que estaba haciendo Peter y añadió ceñuda—: ¿No comes con nosotros?

—No, gracias —contestó él mirando su comida.

—No vas a cocinar y no comer —terció Chuck con voz áspera pero cariñosa—. Vamos, Pete, que me vas a hacer quedar mal.

Siempre le había fastidiado que lo llamaran Pete, pero ahora le daba igual. Cuando alguien te llamaba por un diminutivo era porque le importabas, como cuando Cassie lo llamaba Petey. Se acercó a la mesa y apartó la cuarta silla, preguntándose para quién la tendrían. Quizá la habían cogido del apartamento del baño para completar el conjunto. A lo mejor era para la madre de Natalie. Se sirvió unos pocos fideos. No estaban tan ricos como con vinagre de arroz, pero sabían bien.

—Después de cenar, echamos un vistazo por la zona y te ayudamos a escapar —dijo Chuck—. ¿Dónde dices que está esa zona segura?

—En el Northeast Kingdom. Al norte de Lowell.

—Supongo que necesitarás un transporte. Tenemos unos cuantos en la cabaña, con el depósito lleno y operativos. Te llevamos allí y a ver cuál te podemos dejar. Ahora hay muchos coches disponibles; no nos costará encontrar otro vehículo.

—Os lo agradecería mucho —dijo Peter casi mareado de la emoción: si salía esa misma tarde, no tardaría en darles alcance.

—¿Puedo ir con vosotros? —preguntó Nat. Chuck negó con la cabeza—. ¡Por Dios, papá! Andaaa… Me muero de aburrimiento. ¡Y hace muchísimo calor! ¡Necesito un baño!

Soltó el tenedor, cruzó los brazos y miró furiosa a su padre, que le devolvió la mirada con los brazos gruesos cruzados sobre el pecho también y la mirada serena. A Peter le recordó a John, la persona más implacable que había conocido en su vida.

—¿Cuál es la primera norma? —le preguntó Chuck.

—La seguridad —contestó Nat en voz baja, pero sin abandonar la mirada asesina.

—Y aquí es donde estás más segura.

—Dijiste que para esta época ya nos habríamos mudado, papá. Aquello es más seguro, ¡y más después de lo de hoy! Si no llegáis a volver, me habría quedado aquí sola, sin agua potable ni transporte. ¿Y qué habría sido de mí entonces?

Rich masculló algo que sonó a «En eso tiene razón».

—Tienes razón —dijo Chuck al poco—. Además, no nos vendrá mal un poco de ayuda en la cabaña. Pero vas a trabajar, no a tocarte los pies.

—No digas guarradas, papá —repuso Nat mirando a Peter de reojo—. ¡Que tenemos visita!

Capítulo 2

La carretera que llevaba a la cabaña tenía tantos baches que a Peter le destrozó el cuello, ya tocado de la noche en vela y de todos los machetazos. Al cabo de unos kilómetros, cuando aún no habían pasado más que árboles, preguntó:

—¿Este era vuestro refugio de caza o algo así?

—Nop —contestó Chuck—. Lo hemos ido montando pieza por pieza con cosas traídas de otros sitios. Lo hemos hecho Rich y yo solos.

La carretera terminaba en un claro que bordeaba un lago grande. La hierba estaba altísima, pero, con el tiempo, las botas de los dos hermanos la habían aplastado y creado un caminito hasta la orilla, donde se encontraban atracadas dos barcas de remos y una canoa.

—Está en una isla —dijo Natalie con la nariz pegada a la ventanilla y luego sonrió por encima del hombro.

Peter siguió con la mirada el dedo de Nat, que señalaba una isla forrada de árboles a menos de medio kilómetro de la orilla. No había signos de vida visibles, aunque supuso que de eso se trataba. Ayudó a cargar en las barcas contenedores de plástico repletos de comida y artículos de aseo y vigiló el bosque. Cayó entonces en la cuenta de que no había vehículos de sobra, como Chuck le había prometido, y rozó con los dedos la empuñadura del arma que llevaba en la pistolera. Mientras trajinaban, Rich y Chuck hablaban en voz baja. Parecían buenas personas, pero no había motivo para creer que pensaran echarle una mano.

Chuck se volvió a mirarlo como si le hubiera leído el pensamiento.

—Hay un par de carreteras más al norte y al este del lago —le dijo señalando con la barbilla en ambas direcciones—. Tenemos transportes allí por si este camino quedara intransitable.

Peter bajó la mano y procuró disimular su alivio. Solía calar enseguida a la gente, claro que eso tampoco le había impedido relacionarse con capullos superficiales casi toda su vida, pero al menos había visto enseguida cómo eran. Y que él era otro. Había quedado clarísimo después de conocer a Cassie, que no había tenido reparos en reprocharle sus gilipolleces.

El día que la había conocido, en un bar de la ciudad, había pasado media noche observándola. Llevaba suelta la melena cobriza ondulada y no paraba de colocársela por detrás de una oreja mientras hablaba. Había ido allí con Penny y Nelly, a celebrar el cumpleaños de un compañero de trabajo. Era uno de esos bares a los que él solía ir pero donde ella no iba casi nunca. Obviamente las copas de doce dólares con toques de frutas exóticas no eran su estilo, recordó haber pensado, y lo que ella había pedido era lo más parecido que tenían a una simple cerveza.

Casi todas las chicas vestían ropa de diseño y botas de tacón. Cassie, en cambio, llevaba unos vaqueros de saldo, unas botas muy trotadas y una camiseta negra. No le faltaban detalles, porque la camiseta era bastante escotada y ella iba maquillada y con pendientes; solo era distinta, nada más. Le tocaba el hombro o el brazo a la gente cuando hablaba y escuchaba con muchísima atención lo que decían. Si reía, lo hacía con ganas y desinhibición. No parecía importarle lo que pensara de ella la clientela habitual del bar, algo que Peter envidiaba.

Vio que varios tíos la seguían con la mirada cuando iba al baño; no era el único interesado en ella. De hecho, ya había espantado a uno con una sonrisa tímida y una sacudida de cabeza. Cuando se acercó a la barra a pedir una ronda, Peter la siguió y se situó a una distancia prudencial para no asustarla. Ella lo miró de reojo y después miró al frente, hasta que el barman le tomó la comanda. Peter le hizo una seña discreta al barman para que lo anotara en su cuenta. En cuanto el camarero dispuso las bebidas en fila sobre la barra, ella le pasó el importe en efectivo con sus uñas pintadas de esmalte azul ya descascarillado, pero el empleado lo rechazó señalando a Peter. Por un instante, le pareció fastidiada, pero luego esbozó una sonrisa y se volvió hacia él.

—Gracias por el detalle, pero no quiero que pagues todas estas bebidas.

—Insisto —dijo él.

Ella le ofreció el dinero y él cruzó los brazos y negó sonriente con la cabeza.

—Cógelo, por favor.

—¿Ya no puede uno invitar a una chica a una copa? —preguntó Peter.

—Pues sí, claro. Lo que no puede es invitarla a seis. —Él se encogió de hombros y ella lo miró extrañada—. No me vas a aceptar el dinero, ¿verdad?

—Nop.

—Entonces, gracias. Eres muy generoso —dijo, se guardó el dinero en el bolsillo y sonrió, pero él la notó incómoda.

A lo mejor le parecía que estaba fardando, algo que tampoco habría sido raro en él, aunque no fuera el caso. Le costaba más invitarla solo a ella que pagar la ronda completa. Podría haberle preguntado primero, pero al hacerlo le habría dado la ocasión de negarse.

—Me llamo Peter —se presentó, acercándose un poco para que lo oyera mejor.

Ella olía a rosas y a algo fresco y verde.

—Cassie. Hola —contestó ella, sonriendo de nuevo y tamborileando con los dedos en el botellín de cerveza, como si no supiera qué más decir.

—Encantado de conocerte, Cassie.

Alguien de su mesa debió de hacerle una seña para que volviera, porque ella levantó un dedo como pidiéndoles que esperaran y volvió a mirar a Peter.

—Lo mismo digo.

Ella le preguntó por su trabajo y él la vio contener el bostezo cuando entró en detalles sobre la relación de su empresa con lobistas y congresistas. Cassie, educadísima, reía cuando él decía algo gracioso, pero Peter notaba que no la estaba impresionando. En condiciones normales, no le habría preocupado porque, aunque las chicas solían ir a por él, sobre todo en sitios como aquel, siempre había alguna que otra negativa, claro, solo que no quería que esta se le escapara y temía que iba a ser así.

Cassie le contó que se había criado en Brooklyn y él le preguntó si sus padres aún vivían allí. Ella se quedó helada un segundo y luego le dijo que habían muerto hacía dos años en un accidente de tráfico. Procuró quitarle importancia, pero él le vio la tristeza en los ojos, el nudo que se le había hecho en la garganta. Sabía que se estaba preparando para ese primer momento incómodo y las inevitables disculpas.

—Mi familia murió en un accidente de tráfico cuando yo tenía doce años —dijo Peter—. Mis padres y mi hermana pequeña. —Estuvo a punto de decirle también lo que le vino a la cabeza inmediatamente después, pero quería que supiera que la entendía—. Es como vivir en una casa a la que le han arrancado el techo, ¿verdad?

Entonces ella lo miró, lo miró de verdad, y asintió con la cabeza. Luego echó un vistazo a la mesa desde la que la observaban sus amigos.

—Como no les lleve las bebidas, van a venir a buscarme —le dijo a Peter al oído, y él notó su aliento cálido en la oreja—. Vuelvo enseguida, ¿vale?

Peter cabeceó afirmativamente. Cassie les llevó las copas a sus amigos y se sentó al lado de Penny. Por un instante, pensó que no iba a volver, pero se había dejado la cerveza en la barra. Le susurró algo a su amiga y se levantó.

Tras la muerte de sus padres, Peter se sentía muy vulnerable, aun viviendo en el apartamento de preguerra de su abuela. De pronto, el mundo se había vuelto cruel y amenazador, un lugar en el que uno debía coger lo que pudiera y buscar refugio enseguida. Le costaba creer que le hubiera contado aquello a alguien, y más a una desconocida, pero esas palabras eran la razón por la que ella volvía con él en ese instante. Ni todas las copas gratis ni todos los senadores del mundo la habrían impresionado. Aquella chica era auténtica. Pero lo auténtico daba miedo. Lo auténtico era lo que podía hacerte daño.

Cassie se acercó el taburete y sonrió, de la misma forma que la había visto sonreír a sus amigos, con esa sonrisa que le iluminaba la cara y hacía que se fruncieran los rabillos de sus ojos color avellana de oscuras pestañas. Era la primera vez en años que mencionaba el accidente de su familia. Y jamás hablaba de su hermana, Jane. No solo porque lo hacía llorar, sino también porque le producía un miedo irracional a que alguien detectara su remordimiento y quisiera conocer los detalles. Pero Cassie sabía perfectamente lo que suponía hablar de ellos, se lo había visto en la cara.

Hablaron, de cosas serias y de trivialidades. Ella le habló de su trabajo y de lo muchísimo que le gustaba introducir a los críos del barrio en el mundo del arte. Le contó que había dejado de pintar por placer. Le preguntó más cosas sobre su trabajo y, ladeando la cabeza, colorada ya de la cuarta cerveza, le dijo:

—¿Te gusta? Me da la impresión de que sí.

—No, lo odio —contestó él con más vehemencia de la que pretendía, porque, aunque era cierto, jamás lo había dicho en voz alta.

—¿Lo odias? —repitió ella, pasmada, clavándole el dedo en el pecho—. Entonces, ¿por qué le dedicas un millón de horas a la semana? La vida es demasiado corta para esas mierdas. Uno tiene que hacer algo que le encante. O le guste. O por lo menos tolere.

Peter se encogió de hombros, preguntándose por qué, la verdad. Ella rio como disculpándose, quitando importancia a su propio comentario con un manotazo al aire.

—Debería aplicarme el cuento. No me hagas caso.

Cuando llevaban ya unas horas charlando, se les acercó un tío bien vestido, de espaldas anchas y pelo rubio oscuro, que le pasó un brazo por el hombro a Cassie con aire posesivo, miró a Peter de arriba abajo, repasando su camiseta, sus vaqueros y sus zapatos supercarísimos, sin que parecieran impresionarlo.

—Venga, tú, que nos vamos. Esto debe de estar a punto de cerrar.

—Nelly, te presento a Peter —dijo Cassie—. Peter, Nel.

—Gracias por la copa, tío —respondió Nel estrechándole la mano y se volvió hacia Cassie—. Vamos a pillar un taxi.

—Me ha gustado hablar contigo —confesó ella tocándole la mano a Peter a la vez que se levantaba del taburete—. Sigamos los dos mi consejo, ¿vale?

Peter no quería que se fuera. Sabía que mientras su amigo sobreprotector anduviera cerca ella no le iba a dar su teléfono y, si él le daba su tarjeta de empresa, seguro que no lo llamaría jamás.

—Yo te pido un coche para que te lleve a casa. Tenemos siempre uno disponible para el despacho. ¿Te tomas otra conmigo?

Cassie se mordió el labio y miró a Nel, que se encogió de hombros como diciendo «Tú sabrás». Peter le apretó la mano y le dedicó la más afable de sus sonrisas.

—Necesito más consejos. Piénsalo: me voy a pasar la vida en este trabajo que odio y será culpa tuya.

Ella soltó una carcajada.

—Vale. No quiero que me acusen de arruinarte la vida.

—Escríbeme cuando llegues a casa —le dijo Nel y le dio un beso en la mejilla.

Antes de irse, miró a Peter como lo haría un hermano mayor o un padre. Aquel era el tipo al que tenía que ganarse si quería gustarle a Cassie, y le daba la impresión de que no iba a ser fácil.

Se quedaron hasta que cerraron el bar. Peter pensó en pedirle que fueran a su casa, pero entonces ella lo metería en el mismo saco que a todos los tíos que había conocido en bares y habían intentado llevársela a la cama. Tampoco le habría importado (estaba deseando quitarle aquellos vaqueros de saldo), pero no quería espantarla. Siguieron hablando mientras esperaban el coche al aire fresco de la madrugada. Cassie se encendió un cigarrillo y le contó que ya solo se fumaba uno al día.

—Pero, después de una copa, o de unas cuantas copas… —dijo exhalando el humo y suspirando de placer.

Peter sonrió, a pesar de que odiaba el tabaco. Le daba igual lo que hiciera aquella chica mientras lo hiciera cerca de él. Era llana y peculiar y divertida. Y era guapa de una forma que te iba calando poco a poco en vez de caerte de sopetón. Le recordaba un poco a su madre, salvo por las ganas que tenía de besarla de un modo del todo impropio de un hijo, aun con el pitillo al que ella daba una calada tras otra como si contuviera el oxígeno que alimentaba su existir.

Llegó el coche y Cassie apagó el cigarro y buscó una papelera.

—No voy a tirar la colilla al suelo. Es lo que tiene ser hija de ecologistas.

—Ya la tiro yo —dijo él tendiéndole la mano.

—Gracias —contestó ella y le puso la colilla en la mano con una sonrisa nerviosa—. Vale, pues…, buenas noches. Me ha encantado conocerte.

El motor del coche negro rugía a la espalda de Cassie. Peter había hecho aquello un millón de veces, pero, por primera vez desde que era un crío, tenía verdadero miedo a que lo rechazaran. Se aclaró la garganta.

—Entonces, ¿te puedo llamar algún día? Igual necesito más orientación existencial.

—No… —contestó Cassie al tiempo que asía la maneta de la puerta—. La verdad es que… —Alzó la vista al cielo y se encogió de hombros—. ¿Sabes qué? Que sí. Voy a aplicarme el cuento. —Tecleó su número en el móvil de él y se lo devolvió. Luego, antes de que a él se le pasara por la cabeza besarla, subió al coche y se despidió—.: Buenas noches, Petey.

Había intentado disuadirla de que lo llamara así, pero, por lo visto, le encantaban los diminutivos.

—Buenas noches, Cassandra.

Ella rio porque le había mencionado antes que nadie la llamaba nunca por su nombre completo. Sonriendo como un imbécil, Peter vio alejarse el coche; ya le gustaba más de lo que creía posible después de solo unas horas. Ni siquiera le importaba que la mano le oliera como un cenicero.

—Ya estamos listos —dijo Chuck interrumpiendo los pensamientos de Peter, que se deshizo de sus recuerdos.

Aunque su relación con Cassie no hubiera terminado como un día había esperado, los recuerdos seguían siendo buenos. Jamás había imaginado que conocerla aquella noche le salvaría la vida, en más de un sentido.

—¿Queréis que lleve yo una de las barcas?

—Si no te importa remar… Procuramos no encender los motores salvo en caso necesario. Solo usamos motores eléctricos, más silenciosos, pero aún hay que cargarlos.

—Sin problema.

Peter agarró los remos y se acercó aprisa a la isla. Chuck y Nat iban en la canoa y Rich, que llevaba la otra barca, avanzaba con movimientos completos y uniformes. Chuck señaló una playa natural en la orilla y Peter arrimó la embarcación a la zona arenosa para poder bajar sin empaparse las botas.

—Solemos arrastrar las barcas hasta los matorrales —le explicó Chuck—, pero vamos a descargar y a llevarte a tu transporte.

Peter los siguió por entre los árboles con su parte de la carga y evaluó la isla. Tendría una extensión de media hectárea quizá. No se le daban bien aquellos cálculos, pero había mejorado en los últimos meses. Ahora ya podía hablar de electricidad con James, de armas con John y dispararle a cualquier cosa con Nel, todo ello sin tener la sensación de estar metiéndose en un jardín ni de ser una especie de impostor.

Un caminito conducía a una pequeña cabaña montada con piezas de distintas maderas y equipada con sólidas ventanas de doble acristalamiento perfectas para un frío invierno en Vermont. La terracita de la entrada se abría a una estancia principal de unos seis por seis metros con dos puertas que Peter supuso que serían los dormitorios y otra junto a la cocina. A lo mejor tenían baño. La vivienda era acogedora y luminosa, aunque el pladur estuviera mal allanado y sin pintar. Chuck lo pilló mirando y dio unos golpecitos con los nudillos en la pared de la zona de la cocina, que disponía de una pila encastrada sin grifos, estanterías repletas de comida empaquetada y una estufa de leña para calentarse y cocinar.

—No es la casa más bonita del mundo, pero te aseguro que es resistente, y cálida, porque lleva una capa de aislamiento de varios centímetros de grosor. Por eso hemos puesto pladur. Nat lo va a pintar, ¿verdad, Nat?

Pero Nat ya se había metido en su cuarto, donde Peter veía un colchón y una cómoda, además de pósteres en la pared y una estantería llena de libros.

—¿Cómo habéis traído todo esto aquí? —preguntó Peter.

—Tenemos una barca más grande escondida al otro lado de la isla. Gasta mucho combustible, pero es la mejor para tareas pesadas.

Peter asintió con la cabeza e inspeccionó el resto de la casa. Se notaba que la habían diseñado dos tíos y, pese a lo mucho que detestaba a la persona que había sido, le dieron ganas de redecorarla, un poquitín. El sofá corriente de color marrón no estaba mal, pero, en vez de en medio de la estancia, tendría que haber estado pegado a la pared de las ventanas, con las butacas cerca, formando una especie de saloncito. Él habría dispuesto la mesa de comedor de forma que se abriera a la otra estancia, pintado aquellas horrendas mesas de madera marrones de un color claro, tapado con unos visillos el paño negro que tenían a modo de cortinas opacas, repartido por los asientos unos cojines de colores vivos… Para algo le habían servido las aburridas sesiones de su abuela con decoradores.

—Muy bonito —dijo en cambio.

—Sí, bueno, cumple su función —contestó Chuck, pero Peter notó que se sentía orgulloso, igual que se había sentido orgulloso él ayudando a cavar zanjas o a montar la cerca.

—¿Tenéis placas solares? —les preguntó.

—Na —respondió Chuck—. No tengo ni idea de cómo van. Nos hemos hecho un inodoro de compostaje y conseguido que funcione, pero ya está.

Peter cabeceó afirmativamente. Supuso que se las apañarían bien, siempre que reunieran suficiente leña y comida. Vivir en una isla era una idea genial, pero no quedaba mucho sitio para cultivar cosas. Se acercó a la ventana de la cocina y estudió el huerto. Habían talado algunos árboles para que le diera más la luz, pero nunca produciría tanto como para que fueran autosuficientes.

Vio unos tomates, rojos y maduros, que le recordaron a Ana. A ella le encantaban los tomates. De pronto, se avergonzó de no haberla besado, a sus treinta años, cuando era obvio que ella lo estaba deseando. Ana era preciosa, divertida y, la verdad, un poco alocada, pero le había cogido cariño. En su mundo no había medias tintas: las cosas eran blancas o negras, algo maravilloso cuando la tenías de tu parte y menos cuando no era así. Pero, aunque lo desquiciara, admiraba su determinación.

Peter había pasado casi veinte años preocupado por que a nadie le gustara su verdadero yo; su abuela, desde luego, lo detestaba. Le encantaba que a Ana le diera igual: o te caía bien o te caía mal, pero ella no perdía el tiempo tratando de convencer a nadie de nada. Y ahora que había madurado y superado la fase de hermana pequeña malcriada, le caía bien a todo el mundo. Era fuerte, testaruda y una matazombis enfervorecida, pero también se había ablandado. Estaba claro que los quería mucho a todos, aunque se empeñara en disimularlo con su sonrisa frívola y su omnipresente carnicero.

Peter había preferido no empezar nada con ella porque no quería ni imaginarse lo violento que le habría resultado tener que convivir con dos exnovias. Al final, la última noche, Cassie le había ordenado que fuera feliz y dejara de perder el tiempo. Y estaba a punto de hacerlo cuando aparecieron los eleequis.

A lo mejor, la próxima vez que la viera, le cogería la cara con ambas manos y la besaría, y acariciaría por fin esa piel tostada y sedosa. Lamentó no haber podido al menos bailar aquel último baile con Ana, ese con el que pretendía disolver la tensión que había surgido entre ellos en las últimas semanas. Suspiró. Anhelarlo no servía de nada. Si quería que todo eso se hiciera realidad, debía marcharse a Kingdom Come.

—¿Habéis plantado patatas? —preguntó Peter para llenar el silencio que se había hecho mientras miraba por la ventana. Llevaba todo el día en modo introspectivo, pero suponía que era normal después de haber sufrido una experiencia cercana a la muerte.

—No, empezamos tarde. Pasamos la primera parte del verano sobreviviendo sin más, ya sabes.

—Sí. Deberíais buscar alguna en supermercados o en casas. Yo no sé mucho de horticultura, pero podéis guardarlas para tener patatas de siembra la próxima primavera. Las podríais plantar en una parcelita y dejarlas crecer en vertical, añadiendo un poco más de mantillo o heno encima.

—Excelente idea. No tenemos mucho espacio. El año que viene montaremos un huerto en tierra firme, si seguimos aquí.

Con un par de viajes más, terminaron de descargar. Chuck le dio las gracias.

—Venga, vamos a por tu vehículo —le dijo.

—Yo también voy —anunció Nat saliendo de su escondite. Se había puesto un bañador y un vestidito fresco encima—. Quiero darme un chapuzón con enjabonado.

—Vale —contestó su padre—. Tengo unas provisiones para las camionetas, así que voy a coger una de las barcas de remo. Pete, ¿quieres ir tú en la canoa con Natalie para que no se ponga a remar en círculos?

Natalie le sacó la lengua a su padre y empezó a reír como una boba. Ahora que ya estaba allí, parecía relajada, todos lo parecían. Oía a Rich en el jardín, tarareando por lo bajo y hablando con un perro al que Peter había visto fugazmente cuando se acercaban a la cabaña.

Los árboles disminuían el calor; a lo mejor el agua también. Lo que en Bennington era un día de calor espantoso, en la isla podía ser un día cálido de brisa agradable. Cuando salieron hacia las barcas, Peter metió la camisa de mala manera en la mochila. En carretera, había llevado puesta la cazadora, por protegerse, pero no había motivo para sudar en la barca.

—¿Ya te vas? —preguntó Rich, que volvía del jardín trasero.

—Sí —contestó Peter y le tendió la mano—. Muchísimas gracias por la ayuda. No sabes cuánto os lo agradezco.

Rich le estrechó la mano con una cabezada y siguió a lo suyo.

—Tío Rich es un hombre de pocas palabras —dijo Natalie, enfilando el sendero en chanclas—. ¿Entiendes ahora por qué empiezo a volverme loca? ¿No podrías quedarte unos días más?

—Peter está deseando volver con su pequeña —terció Chuck. Descolgó un chaleco salvavidas de la rama de un árbol próximo a las barcas y se lo pasó a Nat—. Ponte esto.

—No me ha hecho falta cuando hemos venido, papá. Sé nadar desde que tenía como cinco años.

—Porque estábamos por aquí cerca. Si hubiera sido en alta mar, te lo habrías puesto. ¿Cuál es la primera norma?

Nat no contestó, así que lo hizo Peter.

—La seguridad. Y es buena.

—¡Traidor! —espetó ella, pero rio y se puso el chaleco.

Las camionetas estaban algo apartadas del sitio al que habían llegado. Peter hundió el remo en el agua según se iban acercando. Nat remaba, pero apenas necesitaba su colaboración. Estaría al volante de una camioneta dentro de menos de quince minutos y conduciría toda la noche hasta llegar a Kingdom Come.

Natalie saltó de la canoa antes de que tocaran tierra y se sumergió en el agua, que le llegaba por la rodilla. Aquel era otro claro herboso con una carretera que conducía al bosque, tan ruinosa como la anterior. En la hierba, había aparcados una camioneta y un todoterreno Mercedes Clase G.

—Buen vehículo —le dijo Peter a Chuck, que había atracado a su lado en la barca de remos—. ¿Era tuyo de antes?

—Uy, sí —contestó Chuck riendo—, total, solo cuesta cien mil pavos de nada. Lo tenía aparcado al lado del Rolls. ¿Sabes de coches?

—No mucho. Pero yo tenía un S600.

—Guau —dijo Chuck con un silbido de admiración—. Te iba bien, ¿no?

—Supongo —replicó Peter, aunque no lo sintiera así: no le gustaba el nuevo mundo en que vivían, pero debía de ser el único que creía que estaban mucho mejor que antes.

—Lo encontramos a la entrada de una mansión de Manchester. Solo de ese modo habría podido permitirme yo un…

Resonó un chillido estridente. Nat se había escapado del agua a la zona de detrás de los vehículos, donde su padre le había advertido que no fuera sin su visto bueno. Cayó de manos en el capó de la camioneta y Peter le vio la cara de pánico antes de que se deslizara por él. Chuck fue rápido, pero Peter lo fue más. Cruzó el claro de un salto, machete en ristre.

El eleequis tenía a Nat agarrada por el chaleco y tiraba fuerte de ella hacia atrás, a pesar de que ella había anclado los pies descalzos al suelo. Peter sabía que tenía una sola oportunidad de librarla del zombi, cuyos dientes se acercaban peligrosamente al cuello de la joven. Además, había más movimiento en el bosque.

—¡Baja la cabeza! ¡Agáchate! —le ordenó, y ella reaccionó enseguida.

Peter atacó al eleequis hundiéndole en la boca el machete, que le seccionó la cabeza en dos e hizo que la parte superior saliera disparada hacia los árboles. Los siguientes se dirigieron adonde yacía Natalie, atrapada por el cadáver del primero, al que se le habían quedado las manos enredadas en las correas del chaleco salvavidas. Le clavó el machete en un ojo, se pasó el arma a la mano izquierda y se giró a disparar a quemarropa a los dos que lo abordaban por detrás. Era preferible evitar el uso de armas que llamaran la atención de lo que pudiera haber a varios kilómetros a la redonda, pero a veces resultaba inevitable. Cuánto agradecía ahora la obsesión de Ana: todo aquel entrenamiento estaba dando sus frutos.

Chuck había eliminado a los dos últimos con su pistola y ahora estaba inclinado sobre su hija, intentando sacarla de debajo de su atacante. No vio al que salía de detrás del otro vehículo. Peter le disparó un tiro certero, pero la bala no frenó la inercia del zombi lo bastante como para impedir que hiciera perder el equilibrio a su víctima, que cayó sobre el tobillo de Peter.

Pese a la protección de la bota, cuando Chuck se desplomó encima de él, sintió un dolor agudo que le subió por la pierna. Apoyando un brazo en el vehículo, esperó a que remitiera el dolor mientras Chuck ayudaba a levantarse a Nat, que tenía la nuca pringada de sesos y la cara de duendecillo sonrosada del esfuerzo por recobrar el aliento. Su padre le quitó el chaleco salvavidas y la inspeccionó meticulosamente; luego miró a Peter con incredulidad.

—¡Madre mía! —exclamó, casi tan colorado como Nat—. La habían atrapado, joder.

Abrió la puerta de la camioneta y metió a Natalie dentro de un empujón. Cerró de un portazo, se volvió de espaldas y se desplomó sobre el vehículo.

—Yo no habría llegado a tiempo.

—Sí, sí habrías llegado —replicó Peter.

Peter no lo sabía con certeza, pero Chuck necesitaba creerlo. Lo vio mirar al infinito. Aunque no temblaba, parecía revivir una pesadilla. Peter lo sabía porque había pasado por eso.

—No sé —repuso el otro mirando a Peter a los ojos y sin avergonzarse de las lágrimas que empañaban los suyos—. Gracias por salvar a mi pequeña. Si quieres el Clase G, es todo tuyo.

Peter rio un poco, pero, al apoyar el pie lesionado, puso cara de dolor. Pasado el subidón de adrenalina, el malestar inicial empeoraba considerablemente. La bota le apretaba muchísimo.

—Te he destrozado el tobillo, ¿verdad? —preguntó Chuck—. Vamos a echarle un vistazo.

Peter se sentó en una piedra para desatarse la bota y quitarse el calcetín. El tobillo ya estaba hinchado y de un rosa furioso.

—Dios, lo siento mucho —le dijo Chuck.

—No pasa nada —contestó Peter negando con la cabeza. Además, era el pie derecho; conduciría con el izquierdo si hacía falta—. La inflamación bajará enseguida.

El otro se frotó la barba.

—No sé. Tiene mala pinta. ¿Has notado u oído un chasquido?

—No, solo se me ha torcido de forma rara.

—Supongo que eso es buena señal. Rich nos dirá más: es enfermero.

Así que Rich, parco en palabras, amante de la música clásica y de las camisas de franela, era enfermero. Peter sonrió a pesar del dolor y de la desoladora sensación de que su tobillo estaba a punto de echar al traste sus planes.

—Debe de ser tremendo con los pacientes, fuerte pero callado…

—Te sorprendería —respondió Chuck riendo a carcajadas—. Creo que deberías quedarte, al menos esta noche —le dijo en tono paternal—. De todas formas, es preferible salir por la mañana.

A Peter se le encogió el pecho. Tendría que estar despidiéndose y enfilando la carretera. Claro que también podría estar muerto encima de un contenedor de basura en esos momentos, se recordó, así que una noche más allí era mucho mejor que lo que podría haber sido. Se levantó como pudo de la piedra y apoyó con cuidado la punta del pie derecho en el suelo.

—Sí, supongo que sí.

Capítulo 3

Tumbado en el sofá con el pie en el reposabrazos, Peter dejó que Rich le examinara el tobillo. Aunque lo hacía con cuidado, el pobre rechinaba los dientes de dolor. Le dolía casi tanto como cuando se había roto el brazo a los nueve años.

—No te parece que cruja cuando te lo muevo, ¿verdad? —le preguntó Rich.

—No.

—Bueno, no te lo puedo asegurar, pero yo diría que es un esguince bastante fuerte. Deberías hacer reposo al menos una semana y luego moverte lo justo otra semana, según vaya. Te voy a traer agua fría del lago para que lo sumerjas un rato y después lo vendamos.

—Quería marcharme por la mañana.

Rich había sido muy profesional durante la exploración, pero de pronto se acuclilló cerca de donde Peter tenía apoyada la cabeza y, con un suspiro, le dijo en voz baja:

—Lo sé, pero no te estarías haciendo ningún favor. ¿Y si te ves obligado a abandonar el vehículo y seguir a pie? No todas las carreteras del norte están despejadas, ni siquiera las pequeñas. Las he probado, créeme. Con el tobillo así, no puedes correr. —Peter contempló las copas de los árboles por la ventana y se mordió fuerte el carrillo. Era una buena maniobra defensiva cuando no querías llorar. Y la primera y la última vez que había llorado en muchos años había sido en el porche de la cabaña de Cassie—. Si lo fuerzas demasiado pronto, podría empeorar y la lesión se haría crónica —prosiguió Rich—. No están las cosas como para que te quedes con un tobillo fastidiado o una cojera de por vida, ¿sabes? —añadió señalando afuera por la ventana.

—Vale —contestó Peter, porque sabía que Rich tenía razón—. Siento tener que apalancarme aquí. Sé que no os sobran las provisiones.

—Siempre podemos conseguir más. Lo que no podemos conseguir es otra Natalie —repuso conteniendo la emoción—. Voy a por el agua.

Le dio una palmada en el hombro a Peter y salió canturreando algo que parecía la *Séptima* de Beethoven.

Al día siguiente hacía calor y eso solo incrementó el que Peter ya sentía en el tobillo. Natalie salió de su cuarto y se encaramó al extremo del sofá. Tenía los ojos hinchados y parecía agotada, a pesar de haber dormido de un tirón desde la tarde anterior.

—Sé que ya te he dado las gracias, pero gracias, otra vez, por salvarme… Siento haberte jodido tus planes de marcharte —dijo agachando la cabeza—. Mi padre me castigaría sin salir si no fuera porque ya estamos encerrados aquí —añadió y, al mirarlo tímidamente por debajo de la melena, lo vio reír.

—Me alegro de haber estado ahí. Así de rápido pasa. Por eso tu padre tiene esa primera regla, ¿sabes?

—Ya —suspiró ella.

—Bueno, estamos en paz. Tú me salvaste a mí y ahora te he salvado yo, ¿vale?

—No se me había ocurrido —contestó ella con una sonrisa—, pero, de todas formas, sigo siendo tu esclava hasta que te vayas. Órdenes de papá. ¿Te traigo algo?

Peter no quería que una adolescente de dieciséis años lo acompañara al baño. Sería violento para los dos.

—Tengo que hacer cositas matinales, ya sabes: lavarme los dientes y eso.

Nat se acercó a una de las mesitas auxiliares y volvió con un palo terminado en una especie de uve.

—Una muleta para ti. Papá me ha dicho que te estaba haciendo una.

—Gracias.

Peter fue a la pata coja al retrete, que estaba en una estancia independiente y minúscula, del tamaño de un armario. No olía; en teoría, todo iba a parar a un depósito exterior donde se convertía en abono. En la cabaña de Cassie tenían un inodoro con cisterna, pero estaba convencido de que ese tipo de sanitarios pronto pasarían a la historia.

Hurgó en su mochila de supervivencia. Al fondo había un cepillo y pasta de dientes metidos en una bolsa. No le cabía duda de que había sido idea de Cassie, teniendo en cuenta que también había seda dental. En aquellas mochilas metían cosas básicas, por si no te quedaba otra que dejarte la mochila grande en algún lado. Llevaba un par de raciones de combate, una linterna, una manta de emergencia, un poncho, agua, munición, otro cuchillo y otra camisa y algunas medicinas. Solo Cassie podía pensar que un cepillo de dientes cumplía los mismos requisitos que todas aquellas cosas. Puso pasta en el cepillo y, cuando terminó de enjuagarse, ya se sentía más limpio, todo él. Era una ilusión, por supuesto, pero quizá su ex sabía lo que se hacía.

Le ardía el tobillo, así que volvió como pudo al sofá y se sentó con el pie encima de la mesita de centro. No estaba acostumbrado a apalancarse en un sillón, sobre todo ahora, que siempre había algo que hacer.

Entonces llegó Chuck con un plato y una taza humeante.

—Café y galletitas saladas untadas de mantequilla de cacahuete. Sé que es una combinación rara, pero vamos usando estas cosas según la fecha de caducidad.

—Gracias —dijo Peter y le dio un sorbo al café. Era solo y le supo genial; las galletitas estaban muy ricas.

Chuck se sentó en el sofá.

—¿Has visto a Natalie?

—Sí. ¿La has obligado a disculparse? Si es así, ha obedecido. —Peter terminó de masticar y tragó con un sorbo grande de café—. No seas muy duro con ella.

—No me hizo caso —protestó Chuck muy serio—. Estuve a punto de perderla.

—Creo que ha aprendido la lección. ¿Había tenido contacto directo con los eleequis?

—¡Qué forma tan curiosa de llamarlos, «eleequis»!

—Así los llamaba el ejército, por la ele equis del bornavirus LX.

—Yo creo que nosotros los llamamos zombis, sin más —dijo Chuck—. Es lo que son. No hace falta ponerles otro nombre.

—No sé…, es como llamar «chupones» a las piruletas o los chupachuses.

—Por variar un poco y no aburrirse, ¿no? —espetó Chuck con una sonrisa cómplice.

—Eso mismo —rio Peter.

—No, nunca los había tenido tan cerca. Les ha disparado de lejos, cuando empezó todo esto, pero no había vuelto a hacerlo desde entonces. A lo mejor debería, pero no creo que merezca la pena el riesgo. Sabe usar un arma desde pequeña. A partir de ahora, me aseguraré de que lleva siempre una encima.

Peter se terminó las galletitas y el café. Aquello era el desayuno y, en cuanto Chuck siguiera con sus cosas, él se iba a aburrir.

—¿Hay algo que pueda hacer sin moverme del sofá?

Chuck lo pensó un momento y le dijo que enseguida volvía. Entró Rich con el perro, que se parecía un poco a Laddie, el de John. De pronto, se le revolvió el estómago. Lo habían matado por su culpa y aún se sentía fatal por ello. Nadie se lo echaba en cara ya, pero él no se lo había perdonado del todo.

El perro se acercó corriendo, meneando la cola como un poseso. En cuanto Peter lo miró a los ojos, el animal se subió de un salto al sofá y le apoyó la cabeza en el regazo.

—Eso, tú ponte cómodo, Jack —le dijo Rich al animal—. ¿Me lo llevo? —le preguntó a Peter.

Peter rascó a Jack detrás de una oreja. Nunca había tenido perro, pero siempre había querido uno.

—No, déjalo. Me gusta.

—Muy bien. A ver, que le echo un vistazo a tu tobillo.

Rich se puso el pie de Peter en el regazo y le quitó el vendaje mientras Nat le rondaba cerca.

—¡Parece el pie de un zombi! —dijo ella arrugando la nariz al verle el pie al descubierto.

Y era verdad. Estaba inflamado y de color púrpura grisáceo, como el de un eleequis.

—Está menos inflamado de lo que estaba —terció Rich—. Eso es bueno. Tenlo en alto. Nat te traerá lo que necesites.

—Ya le he dicho que soy su esclava —dijo Nat volviéndose hacia Peter—. ¿Te apetece un juego de mesa?

—Creo que tu padre me va a traer algo que hacer.

—Sí, mi amo —respondió ella inclinándose ante él.

Rich levantó la vista del vendaje que estaba poniendo.

—No entiendo que tu padre nunca te haya dado unos azotes. Igual debería dártelos yo —dijo y soltó un manotazo, pero ella se fue corriendo y riendo. Por cómo sonreían los dos, debía de ser una broma antigua—. Muy bien. Si me necesitas, estoy fuera. Sigue tomando ibuprofeno.

Dos días después, Peter estaba seguro de haber afilado todos los cuchillos habidos y por haber en un radio de veinte kilómetros. Tenía el tobillo un poco mejor, porque aguantaba de pie más rato, pero seguía sin poder caminar a un paso medianamente normal. Rich le decía que tuviera paciencia, pero le resultaba imposible. Lo esperaban todos en Kingdom Come, aunque no lo supieran aún; seguramente lo estaban llorando.

Chuck le había encargado otras tareas, pero no podía hacer gran cosa desde el sofá, el mismo que le había pedido a Natalie que lo ayudara a trasladar debajo de las ventanas. También habían movido las butacas, de forma que, por las noches, podían sentarse los tres a charlar o jugar.

Natalie acababa de ganar por tercera noche consecutiva al Monopoly cuando su padre dijo:

—Rich y yo estamos pensando en salir mañana. Estaremos fuera una noche. Vamos a por comida, y a ver si encuentro patatas, como me propusiste, Peter.

—¿Me traerás pintura, papá? —preguntó Nat—. Así puedo empezar a pintar. Y buscadme también tela para cortinas y esmalte para muebles, de color blanco o algo así. Ah, y una máquina de coser —añadió haciéndole a Peter una seña con el pulgar hacia arriba.

Habían tomado muchas decisiones de decoración en los últimos dos días. Puede que ella fuera su esclava, pero él era su mejor público, y le daba la sensación de que el arreglo la tenía bastante satisfecha.

—A ver qué encuentro. ¿Seguro que te quieres quedar aquí, Nat?

—Claro. Peter me hará compañía.

Chuck le lanzó a Peter una mirada algo teñida, quizá, de compasión.

—Muy bien. Pues a dormir, que es tarde.

Peter se lavó los dientes y se tumbó en el sofá con unos pantalones de pijama de Chuck. Cuando Natalie cerró la puerta de su cuarto, su padre se sentó al borde de la mesita de centro con las manos cruzadas.

—Oye, Pete, tengo que pedirte un favor. —Esperó a que Peter asintiera con la cabeza y continuó—: Si no volviéramos, ¿te llevarás a Nat contigo cuando te vayas?

—Vais a volver, Chuck.

—Eso no se sabe. Por si acaso. Necesito saber que alguien cuidará de ella. Sé que tú lo harías.

—Por supuesto que lo haría —contestó Peter, emocionado de que aquel hombre le confiara a su hija. Nadie le había pedido nunca que le cuidara la casa siquiera, claro que sus amigos ricos tampoco lo habrían necesitado, pero aun así—. Te doy mi palabra.

Chuck cabeceó una vez.

—Perfecto, entonces. Gracias —dijo, se metió en el dormitorio que compartía con su hermano y cerró la puerta con suavidad.

Al día siguiente, estaban solos Nat, Peter y Jack. A mediodía ya habían ido a darse un chapuzón con enjabonado, como decía ella. El agua fría le vino de maravilla a su tobillo y el jabón a todo lo demás. Luego Natalie le vendó el pie como Rich le había enseñado a hacerlo y se sentaron en el salón a leer. Nat tenía un millón de libros en su cuarto, pero Peter estaba leyendo una de las novelas de suspense de su padre y su tío.

Natalie sostenía un ejemplar muy manoseado de *Crespúsculo* y lo leía como si fuera la primera vez, a pesar de que, según le había contado, se los sabía de memoria.

—¿Qué les ves a esos libros?

Ella dejó de leer y suspiró.

—Es que son tan románticos... Además, ¿quién no querría vivir eternamente y ser tan superfuerte como un vampiro?

—Bueno, lo preferiría a ser zombi.

—De todas formas, es lo más parecido a un romance que voy a tener —añadió Nat repantigándose en la butaca—. A estas alturas, me conformaría hasta con un tío del montón.

—Guau, ¿un tío del montón? Pues sí que estás desesperada.

—¡Calla, anda! —dijo ella riendo como una boba y luego se inclinó hacia delante—. Cuando te vi, estabas con unas chicas. La que tenías al lado, que te cogió la mano…, ¿es tu novia?

—Esa es mi exnovia, Cassie.

—¿Por qué rompisteis? ¡Cuenta, cuenta!

Ni de coña le iba a contar nada.

—No salió bien.

Natalie se apartó el pelo de la cara de un soplido y puso los ojos en blanco.

—Gracias, qué gran historia. Bueno, ¿y las otras?

Peter la miró espantado.

—No voy a hablar de eso contigo. Sabes que tienes dieciséis años y yo treinta, ¿verdad?

—Porfaaa… —le suplicó ella—. Sin tele, sin pelis, necesito algún entretenimiento en mi vida.

Peter negó con la cabeza y Nat se dejó caer, derrotada, en la butaca, pero se irguió al poco.

—Vale, pues lo adivino. La del pelo corto… ¿cómo se llama?

—Ana —contestó Peter, que no encontró motivo para ocultárselo.

Ana se había quedado pasmada al darse cuenta de que lo iban a dejar allí. Él quería decirle que no se preocupara, que a él no le importaba, mientras ellos estuvieran a salvo, pero no le había dado tiempo.

Natalie lo observó un momento y una sonrisa le iluminó el rostro.

—Te gusta Ana… ¡Se te nota! —Peter se encogió de hombros, esquivo, pero ella cruzó las manos y dijo con voz de pito—: ¿Y a Cassie qué le parece?

Decidió contestar porque vio que, de lo contrario, iba a estar dándole la lata toda la noche.

—Le parece buena idea.

—¿Qué? —espetó ella incrédula—. ¿En serio?

Peter no pudo contener la carcajada: rio hasta que se le saltaron las lágrimas. Natalie sonrió y se levantó de un salto para sentarse a su lado.

—Entonces, ¿sois todos amigos?

—Sí, somos todos amigos. Cassie es seguramente mi mejor amiga.

Cassie lo conocía mejor que nadie en el mundo, mejor incluso que Ana.

—¿Alguna vez estuvisteis enamorados?

—Yo sí estaba enamorado de ella —dijo Peter con una pizca de aquel viejo resentimiento—, pero ella no estaba enamorada de mí.

—Igual que Jacob —replicó Nat con tristeza.

—¿Quién?

—El hombre lobo, el de *Crepúsculo*. ¿Cassie quiere a otro, como Bella quiere a Edward? Edward es el vampiro —le aclaró.

—Sí. —Le estaba dando el bajón y no quería. Lo había superado. Todo había salido como debía—. Pero no es vampiro. Por lo visto, es muy majo.

—¿Y tú aún la quieres?

—Sí, pero de otra forma. Quiero que sea feliz. Es complicado.

A Natalie se le empañaron los ojos y Peter le dio una palmadita en el hombro.

—Eh, boba, no te pongas triste, que no pasa nada. Cuando llegue allí, ¿sabes con quién quiero estar? —Ella negó con la cabeza—. Con Ana.

—Pero ¿la quieres?

—Creo que sí —contestó mirando fijamente la pared y deseando que Rich y Chuck estuvieran allí para poner fin a aquella conversación.

—¿Pero también quieres a Cassie?

Peter suspiró. Iba a seguir erre que erre con lo mismo y él no sabía cómo explicárselo a una cría que pensaba que todo era un triángulo amoroso como los de las novelas juveniles. No esperaba, ni siquiera quería, estar con Cassie, pero el amor que sentía por ella se había transformado en un gran afecto.

—Sí. Más o menos.

Nat dio un bote en los cojines del sofá, con los ojos de pronto secos.

—Bella también quiere a Jacob, pero de otra forma. Como dices tú, a lo mejor. Te tienes que leer *Crepúsculo*, de verdad.

A Peter no se le ocurría ninguna razón de peso para hacerlo.

—Me parece que me las apaño bien sin Bella. Pero gracias —remató y cogió de nuevo su libro para dejar claro que la conversación sobre su vida amorosa había terminado.

Natalie le arrebató de las manos la novela de suspense y la tiró a la otra punta de la habitación. Luego le puso *Crepúsculo* en el regazo y le apartó la muleta de su alcance.

—Porfaaa… Léete los primeros capítulos y te prometo que, si no te gusta, te devuelvo el otro libro. ¡No tengo nadie con quien hablar de esto! Léelo, ¡porfa, porfa, porfa!

—Eres un incordio —le dijo él con pretendida seriedad, pero la enorme sonrisa de ella le dejó claro que no había colado. Se iba a leer el puñetero libro aunque solo fuera por lo mucho que le recordaba a Bits aquella sonrisa—. Vale, me lo leo.

Nat soltó un chillido y se marcó un bailecito. Hacía de él lo que quería.

Capítulo 4

Se acercaba el atardecer del segundo día y Peter estaba a punto de terminar *Luna nueva*, pero Chuck y Rich aún no habían vuelto. Plantada junto a la ventana, Natalie le acariciaba la cabeza a Jack.

—Seguro que están bien —mintió Peter—. Saben que estoy contigo y que estás a salvo. A lo mejor por eso se han quedado una noche más si les hacía falta.

Nat asintió con la cabeza y reanudó su vigilancia. Cuando el sol se perdió en el horizonte, dijo que se iba a la cama. Peter leyó un capítulo de *Eclipse*, apagó la lámpara de un soplido y se quedó sentado en la oscuridad, atento al sonido de unos remos en el agua que no llegó a oír.

A la mañana siguiente, Natalie lo despertó con café.

—Me parece que tienes razón. Les di una lista larguísima de cosas que quería y estarán buscándolas —dijo, aunque apretaba mucho la boca y le temblaba la taza de café.

—Eh, no llores, bonita… —Peter se incorporó y dio unas palmaditas en el sofá para que se sentara a su lado—. Tengo el presentimiento de que están bien. De verdad.

Ella se dejó caer junto a él y se acurrucó en su brazo como un pajarillo recién nacido. A pesar de su sarcasmo, sus dieciséis años y su anhelo de romances paranormales, en esos instantes, sollozando en su hombro, parecía una niña asustada. Bits tenía muchas personas que la protegían y Peter se alegró de estar allí para darle a Chuck esa misma tranquilidad. Se quedaron así hasta que a él se le enfrió el café y ella se hartó de llorar.

Cuando Peter se levantó por fin, tenía el tobillo un poco mejor que el día anterior. No podía correr, ni siquiera caminar rápido, pero se le estaba curando. Dentro de una o dos semanas más podría marcharse. Con Natalie a remolque quizá, aunque esperaba que no. Ella necesitaba a su padre.

Por la tarde hubo tormenta, tan fuerte que probablemente los dos hermanos esperarían a que pasara para poder cruzar el lago a remo. Peter y Nat estaban en plena partida de Scrabble cuando se oyeron pasos en el porche y entró Chuck chorreando agua.

—¡Papá! —gritó Nat y se arrojó a los brazos de su padre.

Peter se imaginó a Bits haciendo lo mismo y se emocionó.

—Perdona el retraso —le dijo Chuck a Peter—. Dios, ojalá hubiéramos podido llamar. Nos quedamos atrapados en una tienda, tuvimos que esperar a que se fueran, pero ha ido todo bien. —Le cogió la cara a su hija con ambas manos y la miró con los ojos llorosos—. Todo ha ido bien, ¿vale? —Ella cabeceó afirmativamente y, cuando él le pidió que lo ayudara a meter las cosas en la cabaña, se puso el abrigo y bajó corriendo a la orilla—. ¡Ten cuidado! —le dijo su padre y luego se dirigió a Peter—: Nos han rodeado centenares de ellos. Mientras sigas aquí, vamos a hacer un par de viajes más, si no te importa, y después ya no nos moveremos en todo el invierno. Igual se congelan.

—Eso espero. Haced lo que tengáis que hacer. Yo no me voy a ningún sitio aún.

No tenía intención de dejar a Nat hasta que tuviera la certeza de que los otros no se iban a mover de allí.

Sentado en una silla, Peter pasaba el rodillo por la pared. Él pintaba la mitad inferior y Natalie la superior. La cabaña parecía mucho más luminosa ahora. Rich había elegido un azul claro ya mezclado que había resultado ser el tono perfecto. También había traído una cortinas blancas y unas barras para colgarlas. Ya lo había hecho. En cuanto terminó de dar la segunda capa de su mitad de las paredes, Peter se llevó la silla hasta la máquina de coser que habían instalado en la mesa.

—¿Y cómo funciona eso sin electricidad? —preguntó Natalie.

—¿Viste los guantes largos de cuero que tengo? —Ella asintió—. Pues nos los hizo Cassie a todos con una máquina de coser. Giras la rueda del lateral y lo hace sola. Eso es lo único que hace la electricidad.

—Guay.

Peter cogió la tela moderna de floripondios azules y marrones que Rich había elegido. Parecía sacada de una revista y quedaba sospechosamente bien con la pintura, el sofá y las butacas.

—Háblame de tu tío. Apenas habla, viste como un paleto, pero escucha música clásica y se las apaña para escoger la tela perfecta.

No le preocupaba que Rich pudiera oírlo porque habían hecho otra escapada esa mañana. Llevaba ya quince días allí y estaba mimándose mucho el tobillo, con lo que se marcharía más pronto que tarde. Rich le había dicho que, si no lo forzaba, le quedaba como mucho otra semana de espera.

—Tío Rich es así de toda la vida. Mi abuela escuchaba música clásica y siempre estaba redecorando. Supongo que terminó gustándole. Probablemente a mi madre también le habría gustado si mi padre fuera un poco más como su hermano. —Peter pensó en preguntarle dónde estaba su madre, pero cambió de opinión al ver que se le empañaban los ojos y se mordía el labio—. Pero no siempre ha sido tan callado —prosiguió Nat—. Volvió a casa a por mi tía y mis primos y ya vino callado. Eso es lo que dice mi padre: que «ya vino callado». No quiere contarnos nada, salvo que llegó demasiado tarde.

—Ah.

Peter imaginó el espanto que Rich debió de encontrarse y procuró no pensar en ello. Eso podía hacer enmudecer a una persona, desde luego. Midió y cortó la tela para las fundas de los cojines cuadrados que iban a añadir y leyó las instrucciones de la máquina. Nunca había cosido, pero parecía fácil.

Nat se limpió un goterón de pintura de la mejilla.

—A ti te parece raro tío Rich, pero tú eres como él, ¿sabes? Te cargaste a todos aquellos zombis en plan superhéroe y aquí te tengo, decorando la casa conmigo. Además, sé que la ropa que llevabas antes era carísima.

—Pues tienes razón —dijo él, y rio. No había caído en la cuenta de que últimamente podía parecer una contradicción ambulante.

Al cabo de una hora, suspiró y dejó en el suelo la primera funda de cojín… irregular. Iba a tener que darle otra vez las gracias a Cassie por las mangas protectoras. Era increíble cómo había conseguido encajar las tiras de cuero con unas costuras tan perfectas, montar el elástico y coserlo todo a los guantes que habían encontrado. Acababa de comprobar que él no sabía coser ni un cuadrado. La canilla seguía siendo un gran misterio para él, aunque hubiera logrado que funcionase. Natalie se sentó a su lado e hicieron juntos la segunda funda, algo más cuadrada que la primera. La tercera ya quedó decente y la cuarta era casi perfecta. Colocaron los cojines en el sofá y en las butacas y admiraron su obra de arte.

—Jamás habría quedado todo tan bien sin tu ayuda —le dijo Natalie—. Solo falta lacar a pistola las mesas y ya está.

—Mañana. Ahora vamos a dormir un poco.

Natalie se puso de puntillas y le dio un abrazo de buenas noches como si fuera de la familia. Él le robó la nariz y fingió que se la guardaba en el bolsillo. Ella le correspondió con un sonrisa, igual a la que le regalaba Bits cuando le robaba la nariz. Aun teniendo la mitad de años que Nat, Bits era demasiado mayor para «te he quitado la nariz».

Nat lo miró extrañada.

—¿Te la tengo que reclamar o cómo va?

—Nop. Las colecciono —contestó Peter palpándose el bolsillo—. No te la pienso devolver.

—Vaya, y yo que pensaba que molabas y resulta que eres igual de bobo que mi padre.

—Me lo tomaré como un cumplido —dijo él sonriente.

—Buenas noches, rarito —espetó Nat con una risita y se fue a su cuarto, pero se volvió al llegar a la puerta—. Mi padre me ha dicho que, si no vuelven, me iría contigo a Kingdom Come. Quería que lo supiera, por si acaso.

—Eso es. Pero no te preocupes, que van a volver.

—Ya. Solo es para que no te agobies pensando en que me lo tienes que decir. Y termínate *Amanecer* de una vez —añadió con los brazos en jarras—, ¡que me voy a hacer vieja esperando y hay que comentar la saga!

Se metió en su habitación y cerró la puerta. Había pasado de algo tan terrible como reconocer que quizá su padre no volviera a exigir una puesta en común de *Crepúsculo*. Las adolescentes eran rarísimas y él estaba contentísimo de no ser adolescente ya. No alcanzaba a comprender cómo podía competir ninguno de esos pobres con un glorioso vampiro. Algún día Bits sería adolescente también, pensó de pronto, y agarró el libro con una mueca. Más le valía saber dónde se estaba metiendo.

Peter había dado vueltas y vueltas a la isla durante días, hasta que le había dolido el tobillo. Había corrido por la hojarasca todo lo posible. Ya era hora de marcharse y, cuando había anunciado su intención de partir al día siguiente, todos se habían mostrado desilusionados. Se habría quedado si no hubiera tenido adonde ir, porque, en aquellas semanas, se había encariñado con ellos, pero quedaba poco para que terminara septiembre y quería llegar a Kingdom Come antes de que empezase a nevar.

—Sabía que este momento llegaría —dijo Chuck en la terraza después de cenar—. Gracias por quedarte más de lo necesario para que Nat no estuviera sola. Te vamos a echar de menos, Pete.

—¿Por qué no os venís conmigo? Sé que habéis invertido mucho esfuerzo en este sitio, pero, por lo visto, esa zona segura es segura de verdad.

Chuck suspiró.

—Al año que viene quizá, si aún necesitamos las zonas seguras. Ahora mismo no podemos irnos.

—¿Puedo preguntar por qué?

—Por la madre de Natalie, la estoy esperando —le explicó Chuck ablandando el gesto, y sonrió al ver que Peter no lograba ocultar su convencimiento de que no iba a volver—. Ya, parece una locura, lo sé, pero quiero darle más tiempo.

—¿Dónde estaba?

—No estoy seguro. Estamos separados y a Nat le tocaba conmigo ese fin de semana. Cuando llegué a su casa, no la encontré allí. Es una mujer inteligente. Puede que aún esté bien. No como la mujer de Ri…

Peter asintió.

—Nat me lo ha contado.

—Ella no conoce los detalles. Por lo que dice Rich, parece ser que su mujer atacó a los niños. Mi sobrino estaba muerto, pero mi sobrina y mi cuñada seguían allí. Tuvo que…

—Menuda mierda —terció Peter para llenar el silencio.

—Sí. En cualquier caso, le he dejado notas diciéndole dónde estoy en todos los sitios a los que se me ocurre que podría ir. Aquí es donde nos enrollábamos siempre cuando estábamos en el instituto —dijo Chuck riendo—. Así que le he podido dar indicaciones sin concretar demasiado.

—Espero que venga.

—Y yo —contestó el otro apartando una piedra de un puntapié—. Sé que, si puede, lo hará. Igual por mí no, pero por Natalie haría lo que fuera.

—Bueno, si cambias de opinión, ya sabéis dónde estoy.

—Estarás deseando llegar —dijo Chuck esbozando una sonrisa—. Tienes allí a tu pequeña y Nat me ha contado cosas de los otros.

—A saber qué te habrá dicho.

Chuck le dio una palmada en la espalda y rio a carcajadas.

—Me ha dicho que no entiende cómo es posible que una chica no te corresponda. Creo que has superado a Edward en su lista de favoritos.

Peter rio también, pero dijo en voz baja:

—Es que antes era un capullo. Por eso no me correspondían las chicas.

—Ya —suspiró Chuck—. También yo podría haber hecho muchas cosas de otro modo. Aún quiero a mi mujer y confío en tener ocasión de rectificar. Tú que tienes la oportunidad de arreglar las cosas, aprovéchala.

Peter estudió el rostro ancho y afable de Chuck. Era la clase de persona a la que habría descartado por simplón hacía unos meses, de haberse dignado a reparar en él. No era descaradamente grosero, pero trataba a la gente como si fuera invisible la mayor parte del tiempo.

Quizá porque él se sentía invisible. Se lo había dicho una noche a Cassie, que le había contestado que no era cierto, pero él se había hecho el dormido para no terminar llorando. A la mañana siguiente ella había querido sacar el tema, pero él no se lo había permitido y le había visto en la cara la inquietud y la pena. Entonces había sabido que había echado a perder su última oportunidad.

Eso era lo que había hecho todo el tiempo que habían salido: cuando le había dado la impresión de que ella se distanciaba, se había abierto lo justo para que volviera a ver al tío de la noche en que se habían conocido. Luego se había acobardado y había vuelto a cerrarse en sí mismo. Seguramente la había vuelto loca.

Pero ya no tenía miedo de eso. Ahora temía muchas otras cosas. Los machetes y las armas resultaban útiles, pero la gente era lo único que de verdad aliviaba el miedo y, por primera vez en dieciocho años, tenía gente: una hija, una superamiga, una posible novia y al resto de su nueva familia. Era afortunado de haber contado con una nueva oportunidad de hacer las cosas de otro modo y no cagarla por enésima vez.

Le devolvió la palmada en el hombro a Chuck.

—Ya lo he hecho.

A la mañana siguiente, Rich, Chuck y Nat, plantados junto a la camioneta, vieron a Peter tirar su mochila a los pies del asiento del copiloto.

—¿Seguro que no quieres llevarte el Mercedes? —le preguntó Chuck—. Te lo cedo.

—Seguro —respondió Peter—. Ahora soy más de camionetas —añadió sonriendo y dándole un puntapié al neumático.

Natalie se le echó a los brazos.

—¡Te voy a echar de menos!

—No esperes a que aparezca un glorioso vampiro —le susurró él al oído.

—Yo sería del equipo Peter si no fueras un vejestorio —contestó Nat y se apartó con los ojos llorosos.

—Gracias —dijo Peter—. O algo.

Ojalá lo acompañaran. Cuando iban a la cabaña de Cassie, se habían dejado a los Washington por el camino, en la zona de acampada, con la promesa de reencontrarse, pero no habían sabido más de ellos. Las posibilidades de que volviera a ver a aquellos tres eran entre escasas y nulas. Entendía el razonamiento de Chuck, su esperanza desesperada, pero había que agruparse, porque posiblemente esa iba a ser la única forma de recuperar el mundo que los eleequis les habían arrebatado.

—Gracias por tus cuidados —le dijo a Rich tendiéndole la mano.

—A ti por ayudarnos en la cabaña —respondió él con una de sus inusuales sonrisas—. Ha quedado preciosa. Mi hermano me habría puesto el grito en el cielo si le llego a proponer alguna de esas mejoras.

Chuck le dio un puñetazo en el hombro a su hermano y un abrazo fuerte con palmadas en la espalda a Peter.

—Ten cuidado ahí fuera.

Peter asintió con la cabeza, subió a la camioneta y desplegó en el asiento de al lado el mapa de carreteras donde Rich le había señalado las que sabía que estaban despejadas. Con ellas cubriría un tercio del camino. Después, tendría que apañárselas solo. Puso en marcha el vehículo.

—¡Hasta luego, pirulí! —le gritó Nat.

Se había acordado. Peter rio y se despidió con la mano por última vez.

—¡Hasta luego, pirulís!

Y luego enfiló la carretera.

Capítulo 5

Al principio las carreteras lo llevaron por delante de casas muy espaciadas y campos ahogados por las malas hierbas. La viva imagen de la desolación. Hasta las casas que no presentaban signos de disturbios, ventanas rotas o cadáveres a la entrada, parecían abandonadas. Se sentía como si fuera el último superviviente del planeta. No lo era, claro, y solo eso le permitía conservar la cordura. Intentó imaginar a alguien conduciendo a ciegas por aquellas carreteras con la esperanza de encontrar algo, además de los grupúsculos de eleequis que había dejado atrás, y entendió que la gente se rindiera. El Peter de antes seguramente lo habría hecho, pero él no.

Él sabía que había gente buena por el mundo, escondida en zonas de acampada e islas minúsculas en lagos. Y no se rendiría, aunque al llegar a Kingdom Come descubriera que los suyos no lo habían conseguido. La sola idea le partía el alma, pero debía contemplarla. Era una realidad.

Bueno, bastaba ya de contemplar realidades. Se concentró en la carretera, que se había convertido en carril y medio de surcos cubiertos de barro seco. Si Rich no le hubiera asegurado que aquel camino continuaba, ya habría dado la vuelta. Por fin salió a una por la que no parecía que hubieran transitado precisamente camiones madereros. La siguió hacia el norte, donde se ramificaba en otras más pequeñas con algún que otro pueblito y los grupos de eleequis deambulando por las tiendas y los cruces vacíos.

Acababa de sobrepasar el límite del territorio conocido cuando se topó con su primer atasco. No alcanzaba a comprender cómo podía haberse formado un embotellamiento en aquel tramo de carretera secundaria, pero había cuatro coches y no veía forma de esquivarlos. Se asomó al bosque para asegurarse de que no había nadie y exploró la zona procurando no arrastrar mucho los pies. Había un cadáver armado en el interior de uno de los vehículos, con la cabeza apoyada en la ventanilla.

Se coló entre aquel coche y el de al lado y casi le da un algo al ver que el cadáver se movía. Se daba golpes contra la ventanilla y la piel curtida de su rostro momificado iba dejando escamas en el cristal. El eleequis se arrodilló en el asiento y sus ojos inyectados en sangre lo miraron con voracidad. Peter exhaló y observó cómo forcejeaba. A veces todo aquello parecía un sueño, una pesadilla, en realidad. Resultaba increíble que pudiera haber zombis. A lo mejor Nat sí podía esperar a su glorioso vampiro.

Se acercó al vehículo que encabezaba el tapón, un Prius plateado, cruzado en la calzada. Los coches que iban detrás habían chocado con él cuando había parado en seco después de empotrarse en algo. Ese algo estaba debajo de una de las ruedas delanteras, aún vivo, o muerto viviente, mejor dicho. Levantaba los brazos y castañeteaba los dientes con tal vehemencia que estaba a punto de separarse de las piernas que tenía atrapadas bajo el neumático. Peter le clavó el machete en un ojo.

La puerta del Prius estaba abierta, pero las llaves no estaban puestas. No sabía de qué otra forma podía ponerlo en punto muerto. Seguro que John habría sabido hacerlo. Lo máximo que Peter sabía de coches era cambiar una rueda, mirar el aceite y cosas así (tampoco era lerdo), pero en cuanto le levantabas el capó estaba perdido. Trató de empujar el Prius a empujones y se sintió imbécil por intentarlo. Por muy superhéroe que Nat lo creyera, el vehículo no se iba a mover.

Pasó por delante del coche en el que estaba encerrado el zombi y, cuando el bicho se volvió loco otra vez, le hizo la peseta. Un gesto pueril quizá, pero que lo tranquilizó. No le quedaba otra que retroceder. Cuatro horas conduciendo y no había hecho más que un tercio del camino. Ya sabía que no iba a ser pan comido, pero aquello lo desanimó bastante. Como todas las carreteras estuvieran así, iba a tener que buscarse una bici. De hecho, no era mala idea. Retrocedería, buscaría una bici y la subiría a la camioneta, por si acaso.

Encontró una bici en el garaje de una casa al sur de Rutland. Era lo bastante alta para su metro ochenta y tres y las ruedas no estaban desinfladas. Hasta llevaba cesto y un inflador pequeño. Pensó en entrar en la casa, pero, cuando llamó a la puerta y le respondieron con porrazos, decidió no arriesgarse. Llevaba comida para unos días. No tenía sentido complicarse la vida. Ana seguramente se habría empeñado en entrar, por diversión. Meneó la cabeza y sonrió. «Campana» la llamaban Penny y Cassie, y le iba de perlas, porque estaba sonada.

Mientras estaba en el garaje, habían pasado algunos eleequis, así que miró bien antes de cargar la bici y salir de allí. A juzgar por todos los que había visto en aquella zona más bien aislada, dirigirse a una población del tamaño de Rutland iba a ser muy mala idea.

Siguió hacia el este y el norte por carreteras comarcales y otras que, aun siendo principales, no lo parecían, de lo deteriorado que estaba el asfalto, pero que al menos eran transitables. Mientras el camino serpenteara entre plantaciones o hubiera arcén o hierba por los que sortear los inevitables vehículos abandonados, no había problema. Lo malo era cuando la carretera se estrechaba por el bosque. Le habría venido bien Google Earth, porque en el mapa no veía por qué terreno discurría el camino. Menos mal que en Vermont no había muchos árboles. Rio de su propio chiste y cayó en la cuenta de que estaba sorprendentemente contento otra vez. Llevaba un rato tamborileando con los dedos en el volante y tarareando por lo bajo sin reparar en ello. ¿Quién lo iba a decir?

El sol pegaba tan fuerte en la camioneta que abrió la ventanilla una rendija. No se atrevía a quitarse la cazadora de cuero por si tenía que salir corriendo. El tiempo había cambiado en las últimas semanas. El calor y la humedad de antes se habían convertido en fresco y los árboles empezaban a lucir sus colores otoñales. Tendría que haber estado ya a unos doscientos kilómetros de Kingdom Come, pero con los rodeos ahora serían doscientos cincuenta. Iba bien de gasolina, aunque tuviera que retroceder unas cuantas veces.

Avanzaba por una de las carreteras más grandes, en dirección a Northfield, imaginándose ya en Kingdom Come al anochecer cuando se topó con un muro, y no en sentido figurado. Era un muro de hormigón, ladrillo y piedra, levantado justo al norte de un cruce entre dos carreteras. Llegaba hasta un edificio grande por un lado y hasta una casa por el otro, para luego continuar a lo lejos.

Aparcó en paralelo y se subió al techo de la camioneta. A la izquierda, se encontraban los edificios de un pequeño campus universitario; a la derecha, las residencias estudiantiles. Los edificios blancos de las facultades estaban rodeados de árboles que empezaban a ponerse dorados y anaranjados. Aunque desoladora, era una estampa agradable. No había ni una sola criatura viviente al otro lado del muro, a pesar de que un termo volcado y un grupo de sillas parecían indicar que alguien había defendido aquel fuerte en algún momento.

—¿Hola? ¿Hay alguien en casa?

Vio moverse algo en el aparcamiento: apareció un eleequis seguido de una decena más. Sabía que no dormían cuando no andaban persiguiendo de forma activa a la gente, pero en cuanto se percataban de tu presencia era como si despertaran. Peter ya estaba al volante, rumbo al sur, antes de que llegaran a acercarse. Vuelta a las carreteras secundarias y a los posibles atascos de vehículos abandonados, no le quedaba otra.

En la ruta 100, todo le salió mal. No tuvo más remedio que tomarla: las carreteras serpentinas terminaban llevándolo siempre a la principal al menos durante unos kilómetros y tenía que pasar por debajo de la interestatal I-89. Iba zigzagueando entre los coches del puente que conducía al paso elevado cuando oyó un disparo que le reventó una de las ruedas delanteras. Lo primero que pensó fue «¡Abajo!» y lo segundo «¡Carajo!», y luego la camioneta hizo un viraje hacia la izquierda y terminó apoyada en uno de los vehículos, que de pronto ya no le parecían abandonados. Había ido abriéndose paso por un laberinto, sí, pero uno diseñado para ir frenando cualquier coche de forma que quienes lo habían creado tuvieran tiempo de disparar. Al agacharse, se dio en la cabeza con el volante, pero, como iba bastante despacio, no se hizo daño.

—¡Baje de la camioneta! —oyó que le gritaba un tipo desde debajo del paso elevado—. ¡Ya!

Peter echó el asiento hacia atrás para poder acuclillarse mientras abría de golpe la puerta.

—¿Qué queréis? —voceó.

Le costaba hacerse oír: tenía la boca seca como un desierto.

—¡Que bajes de la camioneta!

Agarró la pistola sin saber qué hacer. Independientemente de lo que quisieran, la cosa no iba a terminar bien. Por él, podían quedarse con todo lo que llevaba, que no era mucho, pero dudaba que alguien que se tomaba tantas molestias en acosar a los viajeros los dejara marchar sin más.

—¿Por qué? —voceó de nuevo para averiguar de dónde venían los gritos.

Otro balazo agrietó el parabrisas y se oyó de nuevo la voz.

—¡Baja de la camioneta o te disparamos hasta que ya no puedas bajar!

El que hablaba estaba a unos treinta metros al frente, detrás de uno de los pilares de hormigón. Peter alargó la mano al asiento del copiloto y cogió su mochila, metió el mapa dentro y se la colgó de un hombro. Asomó la pistola por la ranura de la puerta abierta y disparó al pilar. Esperó mientras le respondían con varios disparos más. Sonaron en orden, bum, bum, bum, como si hubiera un solo tirador, no varios. A lo mejor no querían malgastar munición, pero a su juicio tendría que haber más acción, algo más que una voz y un arma solitarias. Tenía pinta de ser alguien desesperado e imprevisible: igual podía dejarlo marchar si le daba sus provisiones que matarlo en cuanto lo tuviera a tiro.

—Llevo poca cosa —gritó Peter, logrando, con gran esfuerzo, sonar despreocupado—, pero, si me dejas marcharme, te lo doy todo. Solo quiero ir al norte.

Se hizo un silencio de al menos un minuto al otro lado del pilar. Luego un disparo en la puerta de la camioneta. Supuso que aquella era su respuesta. Lo cabreó: le ofrecías a alguien todo lo que tenías y te mataba igual. Pues muy bien. Disparó de nuevo al pilar, esperó el contraataque, después más disparos y a continuación un silencio. A lo mejor estaba cargando el arma, o pensándoselo mejor, pero aquella era su oportunidad. Sacó las llaves del contacto (era difícil mover la camioneta sin ellas), las tiró por el puente y bordeó corriendo su vehículo. Había otra carretera al noroeste que podía coger por debajo de la I-89. Bajó el portón y sacó la bici.

Se agacharía y desharía el laberinto en bicicleta. La carretera hacía un recodo al final del puente y, cuando consiguieran mover la camioneta para perseguirlo, ya estaría lejos. Puede que ni se molestaran. Se asomó y disparó de nuevo. Esa vez no hubo tiroteo de respuesta, sino unos golpes suaves, como de zapatillas en el asfalto. Los oyó de nuevo en rápida sucesión y luego pararon, igual que el galope de su corazón.

Procurando que la rueda de la camioneta le tapara los pies, se asomó por debajo. Oyó de nuevo los pasos, junto con un tintineo metálico. Entonces, dos coches más allá, a su izquierda, vio la punta de una deportiva salir de detrás de uno de los vehículos. Sonó un silbido suave y los pies se extendieron en la calzada, como si su propietario hubiera resbalado al suelo. Entró en su campo de visión el bajo raído de la pernera de unos vaqueros.

Por blando que pareciera, no quería matar a un ser humano si no era imprescindible. Quedaban ya muy pocos. Pero lo haría. Se tumbó en el suelo, detrás del neumático, y apuntó a la parte más carnosa de la pantorrilla del hombre. Exhaló a medias, como John le había enseñado, y apretó el gatillo.

La explosión de tela vaquera y sangre lo sorprendió por su brutalidad. Había imaginado una herida más superficial, como la que le habían hecho a Nel, claro que en su caso había sido al borde de esa parte carnosa. Su bala del cuarenta y cinco, en cambio, le había destrozado la espinilla al hombre y lo había convertido en cebo de los zombis. Descubrió que le daba igual; él podía ser tan cruel como cualquiera.

Alargó la mano para coger la bici, pero se agachó al oír pasos entre los chillidos angustiosos del tipo al que había disparado. A lo mejor sí que había más de una persona debajo del paso elevado. Pero aquellos pasos no eran de alguien que corriera en auxilio de un camarada y tampoco eran sigilosos. Provenían de ambos extremos del puente. El ruido debía de haber atraído a los eleequis.

Se mantuvo agachado, agarrando con una mano el cuadro de la bici, y esperó. Los pasos se acercaban por su lado. Iban a tener que pasar por delante de él para llegar hasta los gritos de dolor convertidos ya en gruñidos. El hombre procuraba estarse quieto, pero debía de ser complicado cuando te habían reventado la pierna por debajo de la pantorrilla.

Esconderse era la única opción. No sabía cuántos venían ni si podría librarse de ellos. Se deslizó debajo de la camioneta, agarrando la mochila con la mano, y vio acercarse a los eleequis. Pasaron por su lado unas deportivas, unos pies descalzos de dedos sucios y cubiertos de ampollas y un solitario zapato caro de hombre, derechos hacia el hombre al que oían y olían.

Peter se metió la mano en el bolsillo y sacó como pudo las balas que llevaba allí por si acaso. Las cargó en el revólver, encajó con sigilo el cilindro y vio otra oleada de eleequis que seguían a los primeros. Llegaban por detrás de la camioneta, varios tropezando con su bici. El hombre empezó a emitir alaridos de terror. Peter se dio la vuelta para poder girar la cabeza en ambas direcciones. Solo le vio el dorso de las piernas cuando se puso de pie, sobre un pie, y, apoyándose en los coches, deshizo el camino por el que había venido. Interrumpió su avance a la pata coja, se oyeron unos disparos y dos eleequis cayeron al hormigón, pero Peter veía venir más pies, igual que por el otro extremo del puente. Los eleequis acorralaron al hombre. Sonaron cuatro disparos más y luego debió de quedarse sin munición, porque su huida se hizo brutal y desesperada. Oyó un grito agudo, muy distinto de la voz que le había exigido que bajara de la camioneta.

El hombre cayó al suelo y Peter vislumbró entonces al tipo que había querido liquidarlo: pelo moreno, rostro fino. Un tío normal, puede que hasta buena persona. Se arrastró hacia donde estaba Peter, con la boca abierta, hasta que un eleequis se abalanzó sobre él y el tipo aulló cuando el zombi le hincó los dientes en la espalda. Vio a Peter debajo de la camioneta y, abriendo mucho los ojos, le suplicó:

—¡Socorro! ¡Ayúdame!

Era demasiado tarde para ayudarlo, pero, de todas formas, no lo habría hecho. Aunque estuviera dispuesto a morir por algunas cosas, aquel hombre, que había considerado que su vida no valía nada, no era una de ellas.

Aun así, fue algo terrible de presenciar. Lo devoraron vivo, lo desmembraron a mordiscos, extremidad por extremidad, hasta que uno de ellos se arrodilló a la altura de su cabeza y Peter ya no pudo ver más. Casi todos los eleequis que habían pasado por su lado se habían sumado ya al ataque. Aquella era su oportunidad. Se preparó para correr, pero entonces vio que más pies rodeaban el vehículo a su espalda. A lo mejor era preferible esperar a que se fueran. Podía quedarse debajo de la camioneta el tiempo que hiciera falta.

Pero, tan pronto como tuvo ese pensamiento, el universo decidió ponérselo difícil. Uno de los eleequis se enganchó en el cuadro de la bici y cayó al suelo. Aunque Peter se mantuvo inmóvil, los ojos amarillentos de bordes negros del eleequis se posaron en él. El bicho abrió la boca, dejando al descubierto unos dientes descascarillados, y profirió un gemido que hizo que los otros se detuvieran en pleno avance destartalado.

Dejaron de oírse los alaridos que ahogaban las sibilancias del eleequis que lo había descubierto; solo se oía el discreto deglutir de los zombis. El eleequis intentó acercarse a Peter, pero tenía los pies atrapados en la bici. Otros dos cayeron de bruces y sus rostros, tan socavados y podridos como el del primero, asomaron por debajo del chasis de la camioneta.

Tenía que salir corriendo. Rodó hacia el espacio en uve que formaban la camioneta y el turismo con el que había chocado. La bici era una causa perdida, pero se sujetó y se abrochó bien la mochila. El sol lo dejó medio ciego y apuntó con el arma hacia arriba hasta que pudo ver. Más de una docena de eleequis lo separaban del otro extremo del puente, todos ellos desfilando por el camino que él había recorrido. Se subió de un brinco al turismo y, corriendo por el techo de este, saltó a la camioneta y después al siguiente vehículo.

Ya iba tres coches por delante cuando los del banquete repararon en él. El laberinto que lo había metido en aquel lío lo estaba salvando. Fue saltando de un coche a otro hasta llegar al capó de un Taurus, al final del laberinto, donde lo esperaba un grupo de seis eleequis. No era fácil disparar a la cabeza cuando el blanco se movía, sobre todo si lo hacía de forma aleatoria, y solo acertó a tres que estaban cerca. Echó un vistazo a su espalda y comprobó que venían otros quince, así que se pasó el arma a la mano izquierda, desenfundó el machete con la derecha y se abalanzó sobre los tres que tenía delante.

Al saltar tumbó a uno. Con la mano izquierda, le encajó la pistola debajo de la barbilla al que se le había agarrado del brazo y el disparo hizo que salieran volando pedazos de sangre coagulada. Tras apartar de un empujón en el pecho al otro, consiguió clavarle el machete en la boca.

Quiso salir corriendo, pero lo retenía el que había caído al suelo, que le había colado un brazo por las correas inferiores de la mochila y colgaba de ellas, castañeteando los dientes. Peter le dio una coz, pero el bicho se resistía a soltarlo. Era un peso muerto con dientes. Los otros eleequis estaban ya a unos seis metros de distancia; iba a perder la ventaja que les llevaba.

Se soltó las correas del pecho y de la cintura, dispuesto a desprenderse de la mochila. Podría apañárselas sin provisiones, aunque sus posibilidades de sobrevivir mermaban con cada cosa que se dejaba por el camino, claro que ni todas las provisiones del mundo le iban a servir de nada si moría. En un último intento desesperado, asió con fuerza el machete, giró bruscamente para lanzar de lado al eleequis y luego bajó el machete describiendo una parábola. Se oyó un chasquido, el peso muerto se hizo aún mayor y el bicho se soltó lo suficiente como para que Peter pudiera librarse de él en una sacudida. Tenía el brazo manchado de sangre seca, de las huellas digitales del primer grupo de eleequis que lo había abordado. Salió pitando hacia el extremo del puente y corrió rumbo al oeste por una carretera de dos carriles. Estaba sudoroso y aterrado pero vivo. Vivo.

Al cabo de un par de kilómetros, se detuvo en medio de la carretera y bebió un trago de agua. El tobillo le aguantaba bien y se alegró de haber hecho caso a Rich. Se apartó de la frente el pelo empapado en sudor y caminó hacia una casa próxima. Había un SUV a la entrada y un garaje de dos plazas donde quizá encontrara una bici, porque dudaba mucho que el todoterreno fuera a arrancar. Cuando John y él habían cogido la furgoneta que habían dejado en la cabaña, la batería estaba tan muerta que ni arrancándolo con pinzas conseguían que el motor pasara de un simple clic. Habían tenido que cambiar la batería para ponerlo en marcha. Después de cinco meses, era muy probable que la mayoría de las baterías hubieran muerto. Lo habría probado de todas formas, solo que no tenía pinzas con las que arrancarlo. Aun con todo, buscaría las llaves y cruzaría los dedos.

Reventó el ventanuco de la puerta lateral del garaje con la empuñadura del machete y giró el pomo. No había bici, pero sí un *quad*. Un *quad* que no servía para nada, como descubrió al probar el contacto. Le habría venido de perlas. A veces lo desesperaba estar rodeado de multitud de cosas que podrían haberle salvado la vida si funcionaran, maldita sea.

La puerta que comunicaba con el interior de la casa no estaba cerrada con llave y dentro todo estaba tranquilo y en silencio. Había ropa tirada por el suelo y una nevera pequeña a la entrada de la cocina rústica. Quienes vivían allí, una familia, a juzgar por las fotos, se habían marchado deprisa y corriendo. A Peter apenas le quedaba agua. El frigorífico estaba vacío, así que miró en la nevera de pícnic.

El hedor que emanó de ella al levantar la tapa era horrendo. La falta de oxígeno no había permitido que la comida descompuesta se secara, pero tampoco le había impedido licuarse hasta formar una especie de papilla que apestaba a dientes podridos y a muerte. Igual que los eleequis. Había un par de latas de Pepsi encima de aquella cloaca de fiambre y fruta. Cogió una, la abrió y dio un trago. El dulzor burbujeante sorteó el amargor de su boca. Le pareció posiblemente la mejor bebida que había tomado en su vida. Pretendía saborearla, pero se la bebió entera casi sin respirar. Nel habría matado por una; se había bebido las últimas latas de Pepsi del Walmart cercano y después le había dado el mono, como a James con su adorada nicotina.

Peter se guardó la otra lata en la mochila y cogió unos sobres de sopa de los armarios. También había conservas, pero las dejó porque pesaban y tenía comida de sobra. ¿Por qué no había buscado víveres en las casas vacías el tipo del paso a nivel? Qué absurdo. Claro que todo parecía absurdo si se juzgaba por los baremos de antes. A lo mejor estaba loco. Tampoco sería de extrañar, viviendo tantos meses solo. Se sentó en el sofá con el mapa desplegado en el regazo. Supuso que se encontraba a unos cien, ciento diez kilómetros de Kingdom Come, una travesía de unos dos o tres días a pie, dependiendo, claro estaba, de lo que se encontrara por el camino.

En bici iría más rápido. Trazó una ruta mental y miró el reloj. Eran las dos en punto. Podía descansar unas horas, pero debía encontrar un sitio donde pasar la noche. Además, tampoco estaba tan lejos del puente. No sabía hasta dónde podían seguir su rastro los eleequis, pero suponía que le darían alcance si avanzaban a kilómetro y medio por hora.

Salió por la puerta principal, probó el todoterreno, que, como suponía, no arrancaba, y enfiló trotando la carretera, que lo llevaría directo a Waterbury y le permitiría dejar atrás la I-89. Como no podía ser de otro modo, se había quedado tirado precisamente en la única zona de Vermont que no atravesaba un millar de carreteras comarcales.

Caminó tan rápida y sigilosamente como pudo. Hubo un momento en que vio a lo lejos un grupo de eleequis plantados en medio de la calzada y tuvo que esquivarlos cruzando los jardines traseros de las casas. Seguramente habría podido huir de ellos corriendo, pero no le apetecía volver a tentar la suerte. Al final llegó al puente que salvaba el río que él había seguido en paralelo. Se planteó la posibilidad de cruzarlo a nado y atravesar el bosque hasta llegar a la interestatal, pero, sin brújula ni un mapa mejor, podía perderse. Como epitafio no estaría mal: «Seguiremos las hileras de árboles hasta el norte. No tiene pérdida». No, continuaría por la carretera hasta que estuviera más cerca.

Suspiró aliviado al ver el puente vacío. Al menos algo le salía bien ese día. Juraría que había visto una figura llevada por la corriente del río. Al menos los zombis no sabían nadar. Habría buscado una barca por la zona si el río discurriera hacia el norte, pero, según el mapa, iba hacia el oeste.

Cruzó a la calle principal de la localidad y se dirigió a una casa para ver si había alguna bici. De momento, solo se había encontrado un par de bicicletas infantiles. Lo había hecho reír imaginarse recorriendo Vermont en la bici púrpura de Campanilla que había visto en uno de los cobertizos del camino, pero la habría cogido, desde luego, si le hubiera valido.

Esa otra casa, en cambio, prometía. El Subaru de la entrada llevaba una pegatina de la asociación ciclista Share the Road y un soporte para bicis. Andaba intentando decidir cómo entrar en el garaje sin hacer mucho ruido cuando divisó una masa oscura bajo los árboles del jardín trasero. Se detuvo en seco y contuvo la respiración. Aún no lo habían visto. Dio marcha atrás, plantando con cuidado un pie detrás del otro y parando cada vez que parecía que uno de ellos iba a girarse hacia donde estaba.

Ya casi se había escondido cuando uno se volvió. El gruñido que soltó se oyó por toda la carretera y el bicho empezó a andar hacia él. No esperó a ver si lo seguían los demás; estaba convencido de que lo harían. Dio media vuelta y corrió hacia la carretera que se desviaba en dirección a Main. Era un callejón sin salida, ya lo había mirado antes, pero estaba en la orilla correcta del río.

Se trataba de una carretera estrecha y asfaltada, con casas en las que podría haber alguna bici y una gasolinera con tienda donde quizá encontrara provisiones. Corrió con las vías del tren a la izquierda y el río a la derecha hasta que vio un paso por encima de las vías que conducía al bosque. Avanzó aprisa por la gravilla y cruzó un oscuro túnel peatonal donde lo esperaba un eleequis, alertado por el estruendo de sus botas. Los ojos de Peter se adaptaron a la oscuridad justo a tiempo para ver los brazos estirados del zombi. No tenía tiempo para detenerse, así que lo estampó contra la pared y siguió corriendo, demasiado concentrado en su huida para asustarse.

El sendero se adentraba en el bosque e iba estrechándose paulatinamente hasta que Peter no tuvo claro si seguía siendo un sendero. Las ramas de los árboles le arañaban la cara y estuvo a punto de caer de bruces sobre una piedra del camino. «Calma.» Se obligó a parar y aguzar el oído, aunque las piernas le temblaban de ganas de salir pitando. Pero correr a ciegas por el bosque era una estupidez. En ese tipo de cosas, siempre metía la pata. Un niño rico criado en Nueva York no sabía cómo salir de aquellas situaciones. Cassie se había criado en la ciudad, pero no era rica ni tampoco la típica niña de ciudad. Aún tenía sus libros de supervivencia, queridísimos y estropeadísimos, expuestos en las estanterías de su cuarto cuando la conoció. Cuando habían escapado de Nueva York, solo se había llevado uno y luego se lo había regalado a los críos de los Washington, que le habían pedido que se lo dedicara, como si lo hubiera escrito ella. En su momento, a Peter le había fastidiado, pero porque entonces no aguantaba a nadie, ni siquiera a sí mismo. Ahora le parecía un detalle muy tierno. Hank y Corrine eran niños buenos, como Bits. Le reventaba que los Washington no hubieran podido conocer más que al hombre egoísta y quejumbroso, más pueril que los propios niños.

No se oía nada en el sendero. A lo mejor, los eleequis de Waterbury no habían visto adónde iba y el del paso a nivel, al que tendría que haber matado pero no lo había hecho porque era imbécil, no lo había seguido. Bien, considerando que se había desviado del sendero y no tenía ni idea de por dónde ir. «Aguza el oído y oriéntate por los coches de la autopista», bromeó para sus adentros. Daba mucha pena, pero el que fuera capaz de bromear demostraba que se le había pegado algo de Nel y Cassie, porque esos dos no paraban nunca.

Al norte. Mientras avanzara hacia el norte, iría bien. Era por la tarde, así que procuró llevar el sol a su izquierda y caminó todo lo recto que pudo. Según el mapa, si seguía rumbo norte y no subía ninguna montaña, terminaría llegando a una carretera. Y así fue, después de lo que le pareció una eternidad. No le quedaba agua y se estaba reservando la Pepsi, así que llenó la botella en un estanque artificial de detrás de una lujosa mansión que ostentaba una enorme piscina cubierta de algas a juego con el edificio. Los dueños debían de estar forrados. Barajó la idea de entrar, pero los eleequis, una de los cuales aún llevaba el trapo de quitar el polvo en el bolsillo del delantal, corrieron a la ventana en cuanto lo vieron. Se alejó despacio. Antes lo aterraba ver un zombi, pero ahora se guardaba el pánico para los que podían darle alcance. Había que reservarse la energía y la adrenalina para cuando hacían falta de verdad.

Fue dejando atrás otras mansiones, pero ninguna tan grande como la primera. Estaba deseando que las pastillas potabilizadoras se deshicieran del todo para poder beberse el agua. Le habría venido bien uno de aquellos filtros de acampada, que eran más rápidos y no le daban al agua ese sabor asqueroso a yodo, pero se alegraba de que hubieran metido pastillas de esas en todas las mochilas. Beber un agua que sabía fatal siempre era mejor que beber un agua que te mataba.

Cuando escapaban de Nueva York, se habían puesto malos porque Ana y él no habían filtrado el agua. Podían haber muerto. Algo más que recordar e incorporar al *Álbum de recuerdos de cuando Peter era un capullo*. Iba camino de sufrir un ataque de autoflagelación, pero cayó en la cuenta de que tenía dos opciones: fustigarse por todo lo que había hecho mal en su vida o perdonarse y seguir siendo quien era ahora. Nadie más le guardaba rencor, así que ¿por qué lo hacía él? Aquella podía ser su oportunidad de empezar de cero. Si conseguía llegar a Kingdom Come, se consideraría renacido.

Todo eso estaba muy bien, pero primero tenía que encontrar una carretera grande, porque las calles en las que se habían construido aquellas casas no eran más que bucles. No salían en el mapa, con lo que seguía una hacia el oeste hasta que llegaba a otra que iba hacia el norte, y luego otra que era un callejón sin salida. Debía llegar a una calle principal, a alguna carretera que pudiera localizar en el mapa, aunque no fuera segura.

Se topó con un puñado de viviendas normales, que le gustaban más que las mansiones, porque era más probable que tuvieran bicis en el garaje y comida envasada en las estanterías, como la casa en la que había pasado los primeros doce años de su vida. Sus padres vivían holgadamente, pero no eran ricos. Residían en Westchester, en una casa bonita y espaciosa, con un jardín inmenso, pero había bicis en el garaje y comida en las estanterías.

En una granja con la pintura verde desconchada vio una camioneta y un turismo aparcados a la entrada en vez de en el garaje de dos plazas. Confiaba en que eso significase que el garaje estaba lleno de trastos y que entre esos trastos habría una bici. No le hizo falta forzar la cerradura: la puerta se abrió con un chirrido y sin que se le ensartara nada en el machete. Allí, detrás del polvoriento banco de trabajo, había una bicicleta de hombre que parecía de buen tamaño. Infló las ruedas con la bomba que encontró allí mismo y después sujetó la bomba al cuadro con uno de los múltiples pulpos que había enmarañados por allí.

Quienquiera que hubiese vivido allí era un dejado, pero un dejado que tenía casi todo lo que Peter necesitaba. Aquella era su casa de la suerte. A lo mejor debería aventurarse a buscar provisiones dentro. El pomo de la puerta principal giró fácilmente. Sirviéndose de su método infalible para atraer zombis, gritó:

—¿Hola? ¿Hay alguien en casa?

Se oyeron unos pasos lentos y arrastrados. Dos eleequis cruzaron la moqueta descolorida del salón; otro asomó en lo alto de las escaleras y, presa de la emoción, no tardó en rodar por ellas. Peter no esperó a que aterrizara en el suelo del vestíbulo. No necesitaba nada con tanta urgencia; además, para entonces el agua que llevaba ya estaba desinfectada. Dio unos cuantos tragos mientras los eleequis chocaban contra el otro lado de la puerta cerrada. No se asustó, pero sí dio un respingo. Luego se subió a la bici y siguió su camino. Eran casi las seis de la tarde, hora de buscar un sitio donde dormir. No quería que la noche lo sorprendiera en la calle.

Encontró refugio cuando se acercaba a la carretera principal: una casa amarilla de dos dormitorios a la que no le habían echado la llave. Una vez comprobada la ausencia de ocupantes, se encerró en ella y se tumbó en el sofá verde con la mochila al lado. Le rugía el estómago, pero no le quedaban fuerzas más que para cerrar los ojos. Se dejó la pistolera puesta y el machete cerca y pensó en que estaba a solo sesenta kilómetros de Bits, de Ana, aunque le parecieran mil. Pero al día siguiente estaría allí. Sesenta kilómetros en bici no eran nada.

Capítulo 6

Pretendía comer algo, pero no despertó hasta que era casi de día. El baño sin ventana era un sitio seguro para echar un vistazo a la comida que le quedaba con la ayuda de la linterna. La bolsa grande de bazofia, desde luego, porque estaba muerto de hambre. El paquete decía Raviolis de carne y puede que fuera cierto… en un universo alternativo. Claro que podría haber sido peor: había visto el estofado y se alegraba de no haberlo vivido en primera persona. Lo engulló y abrió la bolsa en la que ponía Empanadilla precocinada. Pues muy bien. Lástima que no fuera uno de esos pastelitos dulces que se podían tomar fríos.

Usó el inodoro ecológico. Tampoco iba a quejarse nadie. Además, cuando salió de allí, ya era lo bastante de día para marcharse. En los armarios de la cocina no había nada. No importaba: tenía comida de sobra para unos días. Lo que necesitaba era agua, porque a la botella de litro que llevaba en la mochila casi no le quedaba. Cogió una botella vacía para llenarla la próxima vez que viera agua y reemplazar así la que se había dejado, tonto de él, en la camioneta.

Había una niebla densa que podía ayudarlo a ocultarse de los eleequis, claro que tampoco él los iba a ver, así que pedaleó lo bastante despacio como para poder parar si hacía falta sin retrasarse demasiado. La carretera de dos carriles pasaba por granjas y campos de cultivo que se habían convertido en praderas de flores silvestres. Se encontró un choque en cadena de varios vehículos que alguien había movido para que pasara otro y un surtido de eleequis, pero por suerte iba en bici. Pasaría volando y, cuando se dieran cuenta de que había llegado el desayuno, ya los habría dejado atrás.

La niebla se disipó y el cielo se quedó de un azul claro con nubes algodonosas. A lo lejos se alzaba el rótulo de una gasolinera. Decidió buscar agua, cualquier bebida, en realidad. Estaba a punto de tomar el desvío hacia la carretera secundaria que pensaba seguir en dirección norte y dudaba que hubiera comercios por allí.

Las puertas de la tienda de la estación de servicio estaban cerradas con llave y habría tenido que reventar el cristal de no ser porque ya lo habían hecho otros. Bien porque así no tendría que hacer ruido; mal porque eso significaba que muy posiblemente no quedara nada de valor dentro. Aun así, entró por el boquete y avanzó por encima de los cristales rotos, repasando estanterías desprovistas de toda clase de alimentos hasta llegar a las neveras del fondo, donde no había más que leche y zumo de naranja estropeados. Suspiró. Se acababa de beber el agua que le quedaba y seguía teniendo sed. Se agachó a inspeccionar los estantes inferiores y se le escapó un chillido de emoción. Allí estaba, a un lado y al fondo, una botellita solitaria de agua.

La abrió, girando el tapón, y se bebió un cuarto; luego se la guardó en el bolsillo lateral de la mochila y se dirigió a la puerta. Fuera había un eleequis olisqueando su bici. La olfateaba, literalmente, como si fuera un sabueso. Entonces giró la cabeza con pequeñas sacudidas y, al verlo, gruñó de una forma que casi parecía un saludo: «Hola, ¿qué hay? Estoy pensando en comerte». Peter desenfundó enseguida el machete y salió al encuentro de su nuevo colega. Se lo hincó de canto en el cuello y después lo extrajo.

Había que clavárselo en la cabeza, pero si se lo hincabas por debajo de la mandíbula y subías lateralmente, valía igual y costaba menos. Había cerebelo de sobra por allí para dejarlos bien muertos, supuso. Limpió la hoja en la hierba y pasó la pierna por encima de la bici. La brisa era agradable; impedía que pasara un calor insoportable con tantas capas de ropa, a pesar de la sólida barrera de sudor que se le había formado entre la espalda y la mochila.

El desvío estaba ahí mismo. Se acercaba a su destino y aún era por la mañana, con lo que tenía todo el día por delante. A unos quince kilómetros al norte, había un parque nacional con un lago donde rellenaría las botellas de agua. Habría silbado si hubiera podido hacerlo con sigilo.

A medio camino del parque nacional, le pareció oír ruido en el bosque. Se detuvo y, plantado en el centro de la carretera, con los pies en el suelo pero sin soltar la bici, aguzó el oído. Sonó un gran estrépito a su espalda y, al girarse, vio a un montón de eleequis inundar la calzada. Decenas de ellos. Puso los pies en los pedales y tomó aprisa la curva, donde se topó con otro grupo que parecía parte del primero. Se encontraba en medio de una de esas manadas nómadas de las que les había advertido Zeke. Se había metido en el ojo de un huracán zombi.

Eran demasiados para abrirse paso entre ellos con la bici. También podía abandonar la bicicleta y adentrarse corriendo en el bosque, pero le daba la impresión de que allí habría más. La brisa ya no lo refrescaba: era un manojo sudoroso de nervios. Aquel era uno de esos momentos para los que había que reservarse la adrenalina. Su única alternativa era Elmore States, un parque de caravanas que había un poco más adelante, a la derecha. Para llegar a él, tendría que enfrentarse al grupo que se le acercaba cojeando y gruñendo, pero debía intentarlo.

Pedaleó con vehemencia hacia los primeros eleequis. Unas manos mugrientas le agarraron el manillar de la bici y casi lo tiraron, pero consiguió no caerse con bici y todo y llegó a la entrada del parque. Elmore States era una especie de U con caravanas aparcadas a ambos lados de cada carril. El espacio estaba cercado por una valla metálica cubierta por una malla verde de seguridad. Daba la impresión de que, en su día, había estado bien cuidado, pero ahora las plantas de los tiestos estaban muertas, las puertas de algunas caravanas arrancadas de los goznes y la basura esparcida por todas partes.

Enfiló el carril de la derecha. Una caravana con la puerta reventada no servía para nada y, si tenía que reventarla él, la inutilizaría. Corrió hacia la ventana abierta de la cuarta caravana de la izquierda y rajó la mosquitera con el machete justo cuando asomaba a lo lejos la manada. Desde donde estaban, lo podían ver. A continuación, metió la mochila por la ventana y luego se coló él.

Se vio entonces en un salón vacío con una entrada amplia a la cocina, también vacía. En el pasillo en penumbra había tres puertas, todas cerradas. De momento le valía, así que se agachó y avanzó hacia la ventana por la que había entrado. Puso una mano en el sofá de floripondios y alzó la vista al alféizar. Lo recibieron unos dientes amarillos cubiertos de una mugre negra y unos globos oculares sin párpados, y se cayó de espaldas cuando el eleequis estampó una mano esquelética en el cristal. Sabían que estaba dentro. Lo sabían y eso significaba que no pararían hasta conseguir entrar ellos también. Como si le hubieran leído el pensamiento, unas manos oscurecieron la parte inferior de la otra ventana y traqueteó la puerta principal.

Salió a gatas de la estancia, arrastrando la mochila a su espalda, y luego se levantó para enfilar el pasillo. El cuarto del fondo era su mejor opción. A lo mejor podía salir por una ventana y meterse en la caravana de al lado. Quizá, si se obraba una suerte de milagro, lograría saltar la valla. No sabía adónde, pero seguro que era mejor que esperar la muerte dentro de un ataúd en forma de caravana.

Giró el pomo de la puerta y la abrió de golpe, machete en ristre. Había una cama con un edredón barato, bajo el cual yacía una pareja de ancianos. La muerte los había marchitado y encogido, pero Peter aún podía ver las arrugas que marcaban su piel, de los años que habían vivido. Apoyado en la cama había un rifle Ruger Scout, que identificó porque John tenía uno igual, con una caja de munición al lado. Un arma más no le vendría mal. Se guardó la munición en la mochila, se colgó el rifle del hombro y se acercó a la ventana.

Por la parte posterior de las caravanas, corría una franja de césped descuidado que seguía despejada, aunque Peter veía eleequis en la zona asfaltada del lado opuesto de la U. Si conseguía meterse en otra caravana por el jardín trasero, podían destrozar la puerta de esa todo lo que quisieran. Y lo iban a hacer: ya la oía astillarse al otro lado de la casa.

Levantó la ventana y empujó la mosquitera. Con un vistazo rápido, confirmó que podía salir corriendo sin peligro y le echó el ojo a una caravana que estaba dos más allá de la que pretendía abandonar. Como no se veía reflejo a través de la mosquitera, dedujo que la ventana estaba abierta. Si no era así y tenía que romper el cristal, podría acabar muerto, claro que iba a morir igual si se quedaba allí y también si intentaba saltar la valla.

Puso la bota en el alféizar, salió y corrió agachado por detrás de las caravanas. Rasgó la mosquitera de la ventana con el machete. Tiró la mochila adentro y luego se tiró él y cayó con un golpe seco. Se quedó quieto en el suelo un instante, intentando oír por encima del latido desbocado de su corazón, pero no le pareció que los eleequis se acercaran. Cuando cerró la ventana, esta produjo un chirrido que debió de resonar en kilómetros a la redonda; luego fue bajando la persiana milímetro a milímetro. Lo había conseguido. Se apoyó en la pared y cerró los ojos.

Los abrió de golpe al oír un chasquido por el pasillo. Aquella caravana tenía el mismo diseño que la primera. Había entrado por detrás al mismo dormitorio por el que había salido de la otra. Su machete yacía en el suelo; lo había aliviado tanto estar a salvo que había olvidado que el interior podía ser igual de peligroso. Otra torpeza de las suyas. Bueno, estaba aprendiendo por las malas, que, por lo visto, era la única forma de aprender de verdad.

Otro chasquido del suelo de madera. Más le valía averiguar qué se le venía encima y tener escapatoria que quedar atrapado en un rincón de aquel dormitorio que era como si le hubiera reventado dentro una fábrica de ojales. Se acercó a la puerta. Sus ojos tardaron unos segundos en adaptarse a la penumbra. Un niño de no más de cinco años, vestido con un pijama de cohetes, avanzaba a trompicones por el pasillo. Ya no era mono, pero, por los mofletes y el pelo oscuro y ensortijado que le enmarcaba el rostro, se podía adivinar que lo había sido.

Peter pensó en meterlo en el dormitorio de un empujón y encerrarlo allí para no tener que matarlo, pero, cuando se trataba de zombis, uno no podía andarse con sentimentalismos. Retrocedió. El niño asomó a la luz, rechinando los dientes de leche y con los ojos desorbitados. En la camiseta del pijama ponía «Un gran salto para la hora de acostarse». Seguramente le había molado muchísimo aquel pijama. A su edad, a Peter le habría chiflado.

—Lo siento —susurró y le clavó el machete en el ojo izquierdo.

El pequeño cayó de lado, como si durmiera, con una mano levantada junto a la cabeza y la otra abrazándose la tripa. Peter se quedó un momento contemplando el cadáver y luego cerró la puerta del dormitorio para echar un vistazo al resto de la casa. El cuarto del niño estaba pintado de azul claro y repleto de juguetes, con el nombre de Jonah en letras de madera sobre la pared. Todas las persianas de la cocina y del salón estaban bajadas y en las habitaciones no había nadie. ¿Cómo habría terminado Jonah allí solito? ¿Lo habrían dado por muerto sus padres, sin darse cuenta de en qué se había convertido? ¿Habrían ido en busca de ayuda y habrían acabado muertos? ¿Lo sabían, pero no habían sido capaces de matarlo ellos? Peter podía imaginar varias situaciones distintas; solo confiaba en que Jonah no hubiera pasado miedo y lamentó que hubiera tenido que morir solo.

Esa vez se mordió los carrillos tan fuerte que notó el sabor metálico de la sangre, pero el dolor del mordisco no era en absoluto comparable a la quemazón que sentía en el pecho. Habían muerto tantas personas, solas y asustadas, llorando por sus padres, sus maridos y sus esposas, sus hijos. Igual que había llorado seguramente Jane, sentada en el coche de sus padres, envuelta en llamas. Peter se dejó caer en una de las sillas de la cocina, apoyó los brazos en la mesa y la cabeza en los brazos y lloró desconsoladamente.

Llorar no había sido buena idea. Aunque lo hubiera aliviado, ahora tenía más sed que nunca. A su botella pequeña de agua le quedaban dos tercios y, tras buscar a conciencia por la cocina, no encontró más que sobres de polvitos de naranja, mantequilla de cacahuete y unas cajas de galletitas saladas. Cojonudo: galletitas ya tenía, saladas, de las que daban sed.

Se asomó por las cortinas y vio que el parque de caravanas estaba atestado de eleequis. Seguramente habían logrado entrar en la primera vivienda y no habían encontrado nada y se habían quedado todos allí plantados o deambulando sin rumbo. Uno de ellos estaba recostado sobre el brazo en el lateral de una de las caravanas, con la cabeza gacha, como si hablara con una chica guapa en una fiesta. Peter recorrió la casa explorando todas las posibles salidas, pero no había un solo punto donde no hubiera al menos un puñado de zombis. Le pareció que jamás conseguiría llegar a la valla sin pasarlo fatal.

El sorbo de agua que se permitió le supo a gloria. Lo paseó por la boca seca y se lo tragó. Esperaría a que se fueran. Seguro que en algún momento se distraerían y se marcharían; a las manadas, por lo visto, les gustaba moverse. Confiaba en que fuera antes de que ya no pudiera aguantar la sed. ¿Cuánto se podía vivir sin agua? ¿Dos, tres días? Más, a lo mejor, pero estaba convencido de que no podría correr más que un eleequis si la sed lo debilitaba.

Se sentó en el sofá de cuero del salón. Había unas fotos familiares de las que Jonah era protagonista. En ellas se veía a un papá y una mamá, pero estaba claro que la casa la había decorado ella. El salón estaba lleno de láminas de flores en jarrones, resaltadas por las flores artificiales que ocupaban los jarrones de verdad de las dos mesitas auxiliares, la mesita de centro y el mueble de la tele, de madera con detalles dorados.

Se estaba haciendo pis y ya iba camino del baño cuando cayó en la cuenta de que probablemente debería guardarlo. Echó un vistazo y dio con un táper en forma de jarra. Era de plástico transparente y, al terminar, contempló el líquido amarillo con el estómago revuelto. No era capaz de imaginar que pudiera llegar a tener tanta sed como para beberse aquello, pero uno nunca sabía lo desesperado que podía estar hasta que lo estaba. A lo mejor le podía echar un sobre de polvitos de naranja… Negó con la cabeza. Ya decidiría lo que hacer cuando tuviera que hacerlo, si se daba el caso, pero aún le quedaba agua y otra ración de combate, que quizá contuviera algún líquido. Abrió el envoltorio exterior y quedaron a la vista bolsitas de solomillo de ternera, magdalenas, galletas, galletitas saladas y mantequilla granulada entre otras cosas. No podían haber preparado una ración más seca ni adrede. El universo volvía a hacer de las suyas. No había ido muy lejos aquel día, pero estaba cansado, así que agarró la manta de ganchillo del respaldo del sofá, se puso de lado y se quedó dormido.

Cuando despertó, ya era por la tarde. Seguía teniendo sed. Lo tenía crudo. Volvió a hacer pis en la jarra, que ya olía fatal, y bebió un sorbito de agua. Los eleequis seguían allí. Necesitaba encontrar un modo de distraerlos. Fue al fondo de la casa, evitando mirar a Jonah, pero no había forma de levantar una ventana y lanzar algo lejos sin ser visto. Fin del plan.

La librería del salón estaba llena de novelas románticas. O al padre también le gustaba el romance o no leía mucho. Peter eligió una que no tuviera una heredera por protagonista y se sentó a leer hasta que anocheció. Cuando la luz que entraba por las persianas empezó a ser demasiado tenue, dejó de leer. Sus lecturas apocalípticas de antes ahora se le hacían raras. No era de extrañar que Cassie se hubiera empeñado en cargar con sus propios libros; debía de ser una de esas estrategias de supervivencia que solo John y ella conocían.

Se tumbó y cerró los ojos, pero no podía pensar más que en la pareja del libro. Se habían conocido en una fiesta, se habían enamorado de inmediato y habían vivido un apasionado romance. La chica había descubierto que estaba embarazada y no se lo había dicho al chico porque no quería echar a perder su brillante futuro convirtiéndolo en padre a los veinticuatro. Así que había criado a su hijo en un pueblecito perdido mientras él había pasado casi dos años buscándola. Y claro, en vez de alegrarse de que él la encontrara, teniendo en cuenta que no había hecho otra cosa que soñar con él y mirar al hijo de ambos a los ojos, que eran «igualitos que los de su padre», le había dado con la puerta en las narices. Demencial. Tampoco es que él fuera un maestro de las relaciones sanas, pero «¡No fastidies!».

¿Por qué le estaba dando tantas vueltas a aquello? A lo mejor la sed empezaba a trastornarlo. Se permitió otro trago de agua y volvió a cerrar los ojos. Esa vez pensó en lo que haría cuando viera a Ana, siempre que ella no le diera con la puerta en las narices como algunos personajes de ficción que él conocía, y en la cara que pondría Nel cuando le diera la lata de Pepsi que tenía guardada.

Peter se incorporó de golpe y meneó la cabeza. ¿Cómo se le podía haber olvidado la Pepsi? La sacó del fondo de la mochila, donde la había metido, y la puso en la mesita de centro. La veía brillar en la oscuridad y era preciosa, demasiado para dejarla en la mesa. Se abrazó a ella y se quedó dormido.

A la mañana siguiente todo igual: los eleequis fuera, pis en la jarra, galletitas saladas con un poco de crema de queso para comer y sorbito de agua. Al menos los protagonistas del libro habían vuelto a estar juntos. Empezó otra novela y puso los ojos en blanco en cuanto empezaron a encadenarse los malentendidos, aunque entendía por qué la gente las leía: sabías que todo iba a terminar bien. En el mundo real, eso no se podía prometer, y menos aún en aquel. Podías confiar en que todo saliera bien, creer que todo saldría bien, pero no garantizarlo. Aun así, decidió creer. Todavía tenía la Pepsi, unos mililitros de agua y galletitas saladas para aburrir.

Los personajes del libro no paraban de beber y Peter empezó a sospechar que la autora se proponía atormentarlo: vino, refrescos, vasos de agua helada… a tutiplén. Y ni siquiera los apreciaban. Apoyó el libro en el regazo y miró fijamente la Pepsi. La abriría, le daría un sorbo y luego la pasaría a un recipiente donde no se evaporara.

Abrió la lata y dio dos tragos.

—Ya está —dijo en voz alta y se obligó a parar.

¿Era preferible bebérsela toda de golpe y pasar sin ella después o morir de sed lentamente bebiéndosela a sorbitos? Optó por lo segundo. Al menos de ese modo, sorbito a sorbito, su cuerpo podía aprovecharla, en vez de añadirla a su colección de pis. Esperaba que la cafeína y el azúcar no le dieran más sed.

A última hora de la tarde, cuando iba ya por la tercera novela romántica, los eleequis aún no se habían movido. Al anochecer, tenía tanta sed que se permitió acabarse el agua con el solomillo de ternera, que no estaba para un galardón culinario, pero sí más jugoso de lo que imaginaba. Después de eso, tenía ante sí la lata de Pepsi casi entera y su tercer día de cautividad.

Otro día, otra novela romántica. A mediodía, Peter ya no podía pensar casi más que en bebidas. Hasta habría bebido a gusto un zumo de ciruela, su archienemigo. Un par de sorbos de Pepsi a la una lo dejaron tan sediento que, unas horas más tarde, se permitió el lujo de meter la lengua en el recipiente un rato. Estaba cansado, más de lo que era lógico en una persona que se pasaba el día sentada leyendo novelas románticas y, cuando cayó la noche, se le cerraron los ojos.

A la mañana siguiente, tenía la lengua pegada al paladar. Miró de reojo los ciento cincuenta mililitros de Pepsi que quedaban en la encimera, al lado de los tropecientos de pis. Casi podía entender su atractivo, cuando la Pepsi se hubiera acabado. Bueno, atractivo no, pero era mejor que nada.

Sesenta mililitros por la mañana, treinta por la tarde, treinta por la noche y treinta para el día siguiente. Era increíble que aún siguiera llenando la jarra de pis. ¿De dónde sacaba su cuerpo el líquido? ¿Por qué no lo aprovechaba? Le daban ganas de aporrearse la vejiga, pero, en cambio, siguió leyendo entre cabezadas y, cuando se hizo de noche, se quedó dormido.

Los treinta mililitros de Pepsi del quinto día le supieron agridulces. Se acabó. Ignoró la jarra de la encimera y se tomó la bolsita de salsa barbacoa de la ración de combate. Le hidrató la boca, pero seguramente la sal lo empeoraría. Chupó una pastillita de menta que iba en la bolsita de los raviolis de ternera y miró fijamente al techo. No sabía si eran imaginaciones suyas o de verdad estaba débil y cansado. No tenía energías. No sabía si porque se estaba deshidratando o porque los eleequis de ahí fuera le iban a ganar la partida.

«Le iban a ganar la partida.»

El pensamiento lo hizo incorporarse. No, no le iban a ganar la partida. Que les dieran. Iba a volver a ver a Bits. Si seguían ahí por la mañana, bebería un poco de pis con polvitos de naranja y echaría a correr. No le pasaría nada. Se tumbó y se sumió en un sueño repleto de grifos de agua corriente y neveras llenas de bebidas superfrías.

Despertó al alba pensando en calderas de agua caliente. No recordaba si lo había soñado. Estaba atontado y su cerebro le pedía unos minutos más de descanso. No tenía sentido precipitarse al siguiente punto del orden del día; era preferible que descansara para el gran acontecimiento.

«Calderas de agua caliente.»

Peter se levantó del sofá tan rápido que el enorme jarrón de la mesita de centro volcó y se hizo pedazos. Maldijo y se asomó por la persiana. Al menos los eleequis no lo habían oído.

Cassie y John solían charlar animadamente sobre tácticas de supervivencia: calentar piedras en un fuego y enterrarlas debajo de una capa fina de tierra en un refugio improvisado para mantenerse caliente, encender fuegos sin cerillas…, cosas de esas. Estaban los dos un poco locos, la verdad. Pero Peter recordaba una conversación sobre calderas de agua caliente. Aun después de que dejara de pasar agua por las tuberías, la del depósito de la caldera seguía allí. En todas las casas había litros de agua potable que podían usarse. Enfiló el pasillo tambaleándose y encontró el depósito en el armario donde estaban la lavadora y la secadora apilables. No era enorme, pero ciento quince litros era mucha agua. Con esa cantidad, podía ganarles la partida a los eleequis.

Había una espita en la base, solo le faltaba un cuenco de la cocina. Mientras giraba la espita y esperaba a que saliera el chorro del frío líquido elemento, le temblaba la mano con la que sostenía el cuenco. Cayó en él un chorrito y paró. Peter se la bebió, no fuera a ser que terminara derramándola. Estaba tan buena que gimió de placer, pero le supo a poco. Aquello no podía ser todo lo que había. Si no hubiera necesitado conservar hasta la última gota de líquido de su cuerpo, habría llorado de frustración. Tenía que haber agua allí dentro.

Entonces recordó algo: era como una bomba de vacío. A veces, había que abrir un grifo o una válvula para que saliera el agua. Cerró la espita, abrió el grifo del baño, se sentó con el cuenco en posición y giró la espita. Nada. Empezaba a cabrearse. Allí dentro había agua y era suya, maldita sea. Desmontaría el depósito si hacía falta.

Pero, como no encontraba la válvula de la que creía haber oído hablar a John, empezó por reventar la tubería del agua caliente de la parte superior. Rezó para sus adentros, giró la espita y exhaló al ver el chorro inmenso de agua que caía al cuenco. No era el agua más limpia del planeta, con aquellos granitos minúsculos de sedimento que se posaban en el fondo, pero al menos no era pis y con eso le bastaba. Se bebió el cuenco entero y fue a por más. Dios, estaba buenísima, el agua aquella. Más tarde, vaciaría parte del depósito en recipientes para ver cuánto tenía en total, pero, de momento, no quería más que beberse otro cuenco. Sabía que iba a funcionar. Y nunca jamás volvería a burlarse de Cassie ni de John.

Al anochecer, le pareció que había menos eleequis fuera, pero no veía lo suficiente en la oscuridad para estar seguro. Preparó la mochila por si podía marcharse por la mañana y guardó en ella la novela que estaba leyendo. Estaba convencido de que iba a terminar bien, pero, aun así, quería acabarla.

Por la mañana, se preparó un sobre de polvitos de naranja, algo que nunca había tomado de niño. Era casi como veneno, según su madre. Disfrutó hasta de la última gota junto con unas galletitas saladas. Era cierto que había menos eleequis fuera. Puede que quedara como una veintena, dispersos por ahí. Podía escapar de ellos, sobre todo si la bici seguía a la entrada del parque de caravanas.

Tamborileó con los dedos en la encimera de la cocina y se preparó otro sobre de polvitos de naranja. Tendría que marcharse en breve. Ya casi llevaba una semana allí, con lo que debía de estar a punto de empezar octubre. Podía quedarse atrapado otra vez, podía nevar y entonces jamás lo conseguiría. Aunque, si los eleequis se congelaban antes que él, y sin calefacción aquello era una lotería, podría ir andando hasta Kingdom Come sin preocuparse. Puede que aquella fuera su mejor oportunidad. Se aseguró de que llevaba las botellas llenas, tiró el pis por el fregadero de la cocina y llenó un recipiente de agua con polvitos de naranja. Estaban muy buenos, aunque jamás le daría algo así a Bits. Había visto la composición; su madre tenía razón.

Se abrochó la mochila, se colgó el rifle del hombro y agarró el machete. Luego avanzó decidido hacia la puerta, inspiró hondo y corrió al asfalto. Empujó a un eleequis que se le acercó demasiado, esquivó a los otros y, a toda velocidad, dejó atrás las viviendas por las que había pasado al entrar. La bici estaba tumbada donde la había dejado. Echó un vistazo a su espalda para asegurarse de que le daba tiempo y se agachó a coger el manillar. Corrió con ella de la mano, zigzagueando entre los pocos eleequis que había en la calzada, y después se subió de un brinco, pedaleó como un poseso y fue distanciándose de ellos con cada pedalada. El retrovisor del manillar se había torcido cuando la bici había caído al suelo, pero lo enderezó a tiempo para ver a los eleequis del parque llegar a la carretera.

—¡Hasta luego, pirulís! —gritó, orientó la vista al norte y no volvió a mirar atrás.

A mediodía estaba a menos de quince kilómetros de la granja. Había tenido que hacer unas cuantas paradas técnicas por toda el agua que había bebido y por los polvitos de naranja, pero no iba mal de tiempo. Los cincuenta kilómetros que había hecho en bici habían sido pan comido en comparación con el resto del viaje, porque solo se había encontrado algún que otro eleequis de vez en cuando, pero le ardían los muslos de las largas y brutales pendientes. En algunos puntos, había visto los coches apartados en la cuneta y, a medida que se acercaba a la granja, no había encontrado ni un solo obstáculo en la carretera. Confiaba en que los otros hubieran venido por el mismo camino y que la camioneta los hubiera llevado hasta allí.

A la entrada del pueblecito que precedía a la granja, le reventó una rueda con un sonoro estallido. Frenó con la ayuda del pie, evitando por poco una caída fea, y miró al cielo salpicado de nubes.

—¿En serio? —preguntó.

La cámara no tenía reparación posible y tampoco llevaba herramientas para repararla. Intentó montar con la rueda desinflada, pero avanzaba más rápido a pie. Aunque la mochila no le pesaba tanto cuando iba rápido, con todo el bamboleo que llevaba queriendo rodar con la cubierta plana, se parecía a Cassie aprendiendo a montar. Sonrió al recordarlo. ¡Qué torpe era! ¿Quién no sabía montar en bici? Pero ahora que Bits y él le habían enseñado ya sabía.

De todas formas, Cassie había ganado agilidad aquel verano, igual que había conseguido pillarle el tranquillo a montar en bici. Aún seguía pisando a la gente sin querer y derramando algo por lo menos una vez a la semana (eso no cambiaría nunca), pero sabía pelear. Los ojos se le ponían de un verde claro cuando se enfrentaba a una amenaza y por cómo apretaba los labios estaba clarísimo que mataría si hacía falta. Quizá dispararle a Neil la había cambiado, o la insistencia de Ana en que practicara con ella. Cuando las veías entrenar juntas, y detectabas la mirada de los ojos oscuros con motitas doradas de Ana, aún más asesina que la de Cassie, te alegrabas de estar en su bando.

Recordarlas así lo ayudó a confiar en que estarían a salvo. Se cargarían a cualquier cosa que se les pusiera por delante, viva o muerta. Plantó los pies en el suelo y siguió andando. La carretera estaba despejada, brillaba el sol y los árboles eran más coloridos que al sur de Vermont. Las malas hierbas que inundaban los campos de maíz o de trigo o de lo que fuera que se cultivaba allí se estaban poniendo marrones. Una bandada de gansos lo sobrevoló en una uve desordenada. Hacía un día precioso de otoño, de esos en los que antes la gente pagaba un buen dinero por estar en un sitio así.

A las afueras del pueblito, se mantuvo todo lo pegado a la sombra que se atrevió, para no llamar la atención de los eleequis que estarían al acecho, pero lo dejó pasmado descubrir que el ejido estaba desierto. Era como un pueblo fantasma, en el buen sentido de la palabra. La tienda de comestibles que había al frente tenía un cartel en la puerta que ofrecía gasolina y comida en el interior, así como alojamiento en Kingdom Come. Siguió por unas pistas de tierra y pasó por delante de una granja con una valla de aspecto muy serio; luego giró a la izquierda hacia Kingdom Road. Había oído las indicaciones por radio tantas veces que se las sabía de memoria.

A un lado del camino, había una cabaña peraltada sobre unos postes. Un tío, que no tendría más de veinte años y lucía una coleta de color rubio platino y un rifle, bajó a recibirlo.

—¡Hola, soy Caleb!

—Peter —contestó él estrechándole la mano.

—¿Vienes a quedarte?

—Creo que sí. —Peter miró de reojo a la mujer de pelo moreno y corto plantada en la plataforma de la cabaña que lo apuntaba a la cabeza con un rifle. Cuando él le sonrió, ella torció la boca a modo de saludo—. El viaje ha sido largo.

—Ya lo veo, tío —contestó Caleb riendo. Los vaqueros que Peter había lavado en la cabaña de Chuck para su viaje de un día en camioneta estaban limpios, pero se le habían puesto marrones por el camino, y la camisa de vestir que llevaba debajo de la cazadora tampoco tenía mucho mejor aspecto—. ¿Quieres que te llevemos a la puerta? —preguntó Caleb y señaló una camioneta—. Es como medio kilómetro.

Dos minutos después, el joven lo soltó delante de la puerta metálica en compañía de un tal Dan, que lo dejó pasar por una puerta lateral. Dan le estrechó la mano y le presentó a una mujer y a un hombre sentados a una mesa plegable. Peter estaba tan preocupado por la siguiente pregunta que no retuvo los nombres.

—Siempre tenemos una camioneta aquí abajo —dijo Dan—, pero hoy se la han llevado arriba. Te acompaño si quieres. No está lejos.

Peter asintió con la cabeza. Parecían todos muy serenos, pero él no iba a poder relajarse hasta que lo supiera. Se quitó la cazadora y la metió por una de las correas de la mochila, sudando más de lo que había sudado durante el trayecto en bici.

—¿Ha venido por aquí una chica que se llama Cassie Forrest, acompañada de un grupo de personas? Conocen a Adrian.

Dan sonrió y se le acentuaron las patas de gallo.

—Claro, llegó hace como un mes. Con Bits y los otros. ¿Los conoces?

Bits estaba allí. Se sintió tan ligero que habría jurado que levitaba. Se le puso todo borroso, pero esa vez no se mordió los carrillos para no llorar. Bits estaba allí. No preguntó quiénes eran los otros, por si a Dan se le olvidaba alguno sin querer. Le daba miedo preguntar por Ana. Si le había pasado algo, prefería que se lo dijera Cassie.

—Sí —dijo Peter. Se limpió las lágrimas. Dan se alegraba tanto por él que le resultaba imposible no sonreír también. Los reencuentros no eran muy frecuentes últimamente—. Los conozco.

—Llama a Cass por radio —le dijo Dan al tío de la mesa, y luego le puso una mano en el hombro a Peter y lo llevó por la carretera.

Dan le dijo algo y Peter asintió, aunque no estaba escuchando. Observaba cómo flotaban las hojas doradas y rojizas hasta el camino de tierra y rezaba para que estuvieran todos allí. Entonces oyó algo más que la voz amable de Dan: el sonido de unos pies descalzos aporreando el suelo. Solo conocía una persona capaz de correr descalza en cualquier lado.

Levantó la vista en el preciso instante en que Cassie doblaba la curva. Ella se detuvo, con la boca abierta y los ojos como platos, casi como si no tuviera claro que era él a quien se iba a encontrar.

—¡Peter! —gritó y corrió hacia él.

Su risa sonaba tan despreocupada y su sonrisa era tan amplia que Peter tuvo la certeza casi absoluta de que habían llegado todos sanos y salvos. Pero lo importante era que aún tenía una hija y una superamiga. Aún tenía una familia. Estaba en casa.

AGRADECIMIENTOS

Voy a ser breve porque, bueno, esto es una novela corta. Gracias a mis padres, que siempre me leen y me releen. Hace poco me enteré de que a muchos escritores no les leen sus novelas en casa. Yo ya me sabía afortunada, pero, tío, ¡me ha tocado la lotería!

¡Gracias a mis maravillosas amigas/primeras lectoras, Allie, Danielle y Jamie, que dejan de leer otras cosas para leer mis novelas!

Muchísimo amor y cariño a mi marido, Will, que lee con un ojo avizor y un conocimiento del arte narrativo que yo jamás tendré, y que me obliga a hurgar más adentro y encontrar palabras que describan bien lo que he desenterrado.